天韵流芳
——天骄诗词集

赵芳 著

北京燕山出版社
BEIJING YANSHAN PRESS

图书在版编目(CIP)数据

天韵流芳:天骄诗词集/赵芳著. — 北京：北京燕山出版社，2018.6
　　ISBN 978-7-5402-5187-1

　　Ⅰ. ①天… Ⅱ. ①赵… Ⅲ. ①诗词-作品集-中国-当代 Ⅳ. ①I227

中国版本图书馆 CIP 数据核字(2018)第 147867 号

天韵流芳——天骄诗词集
TIAN YUN LIU FANG TIAN JIAO SHI CI JI

作　　者	赵　芳
责　　编	朱　菁　姜栋栋　王梦楠
责任校对	甄　飞　杜　睿
装帧设计	中诗协文化传媒
社　　址	北京市丰台区东铁营苇子坑路 138 号(100079)
网　　站	http://www.bjyspress.com/
微　　博	http://e.weibo.com/u/2526206071
电　　话	010-65240430
传　　真	010-63587071
印　　刷	廊坊市博林印务有限公司
开　　本	700mm×1000mm　1/16
字　　数	182 千字
印　　张	14.25
版　　次	2018 年 9 月第 1 版
印　　次	2018 年 9 月第 1 次印刷
定　　价	45.00 元
出版发行	北京燕山出版社　BEIJING YANSHAN PRESS

版权所有　　翻版必究

《天韵流芳》序

——包德珍

  中华诗词含蓄优美,博大精深;它穿越千年,绵延古今,滋润着华夏文明。中华诗词以意、象、情、趣为载体,源于生活又高于生活,多角度多色彩的艺术魅力,陶冶人们的心灵,引领人们走向真善美,追求真善美是文艺的永恒价值。艺术的最高境界就是让人动心,让人们的灵魂经受洗礼,让人们发现自然的美、生活的美、心灵的美。《天韵流芳》是赵芳女诗人第一部诗集,题名《天韵流芳》本身就富有诗意,一个"芳"包含着诗韵之美,同时作者别有情趣把自己名字"芳"嵌入其中,妙也。即是反映天韵之美,又是记载自己心路历程。在几千年前,先贤圣人、文人墨客就从诗论中不断对真善美这一艺术精神进行阐释。"真"这一美学观念一直在延续。汉代王充提出"疾虚妄",提倡真实,着重为文的真实可信。宋代苏轼要求"随物赋形",讲究创作的浑然天成,要求行文自然,强调创作时主体与对象的顺应而自然的关系。明代的公安派在李贽"童心说"的基础上提出"独抒性灵"的口号,在他们看来性灵的惟一规定就是真。真是最高的价值标准,物真则贵,文亦如此。"善"就是要求重视文艺的道德感和文艺的社会作用,将尚文与尚用并举。孔子说"《诗》可以兴,可以观,可以群,可以怨"。这里的"群"很重要,这正是追求"善"的体现和要求。在真和善之外,中华美学精神还追求美。讲究"思无邪",孔子主张"乐而不淫,哀而不伤"的中和之美。庄子追求"朴素而天下莫能与之争美"的天然艺术境界,到了西晋,陆机提出"诗缘情而绮靡,赋体物而浏亮",发现了文学感情性和形象性的两大特征,追求内容与形式的双重美感。

赠 人

憨态浇兰慧,春开两朵娇。
一朝君远去,枝叶卷长箫。

惜花人

花约梦中人,香含一树新。
落家非彼玉,相看又今春。

这两首小绝委婉含蓄,"赠人"一首咏物移情方式将自己情感展开,"憨态浇兰慧,春开两朵娇。"写兰慧两朵娇乃写女人之娇容,转句指君,所赠之人,君远去,"枝叶卷长箫"拟物为箫,而且似乎那"春江花月夜"一曲在低回旋转扣人心弦。总有太多不想说或不必说的情绪,总有沸腾在胸口却说不出的深情。从前总以为千言万语才能足以表白世间的千般情意,如今才懂得含蓄最是情深。第二首《惜花人》"花约梦中人,香含一树新。"物我同心,感受清馨。"落家非彼玉,相看又今春。"句中无惜字,处处体现出"惜",相看唯待明年春时了。王国维在《人间词话》中说:"诗人对宇宙人生,须入乎其内,又须出乎其外。入乎其内,故能写之。出乎其外,故能观之。入乎其内,故有生气。出乎其外,固有高致。美成能入而不出。""入乎其内"是指作者要对具体的"宇宙人生"、时代风气有深刻的观察和理解,能真正投入其中有所感触。"出乎其外"是指作者必须跳出具体的"宇宙人生"和时代风气,站在一个更高的位置,去展现中华美学精神必须扎根于生活的土壤,努力探究其中的深度,超脱其外,才能有历久弥新的生命力。第一首则入乎其内故写之。第二首出乎其外而观之。讲述情感,真实反映情感需要勇气。一代代诗人词人,将满腔的思念、忧愁、真实、快意等等抒发于字里行间,这是他们自我的真实,赵芳同样是在真实抒发自己的情感,并技法高妙。

问香君

美女有才思,偏偏为执痴。
当年香袖里,多少梦和诗。

问　愁

箫声自远方,何事苦情郎。
梅月空回首,遥遥欲断肠。

秋窗细雨

秋窗多细雨,长夜枕无眠。
谁道诗情苦,青灯把墨研。

意象手法在诗中运用的作用,是将抽象的主观情思寄托于具体的客观物象,使之成为可感可触的的艺术形象,使情思得到鲜明生动的表达。如果诗意对于人生是一种精神的维生素,诗人想要把某种维生素提供给读者,他不必提供维生素的纯粹制剂,而可以用含有维生素的苹果、香蕉、橘子之类的水果方式提供,因为后者色香味形俱佳,口感好,可能使阅读过程成为一个充满愉悦的过程。这三首小绝皆抒发情感的,一种淡淡的思念,一种淡淡的忧伤,种淡淡的无奈用香袖、箫声、梅月、秋窗、青灯把主观的情思寄托上,使之成为可感可触的的艺术形象,自然贴切,感人至深。

绝句不易作好,所谓易作而难工。容易处也就是困难处,要用寥寥二十字或二十八个字作成一首好诗,说大话、唱高调、炫耀才学、卖弄词藻、铺排典故、大发议论、都无用武之地。必须情感真挚,兴会淋漓、神与境合、境从句显、景溢目前、意在言外,节短而韵长,语近而情遥,神味渊永,兴象玲珑,令人一唱三叹,低回想象于无穷,这才是绝句的精品。所以绝句字少意应多,不仅句美要意美,诗之感人处在味浓,赵芳女诗人整个诗集中绝句占很大部分,说明她诗如人一样,甚见灵气。人美,也追求诗之美。本来诗就是唯美的。美不仅指语言美,形式美,它还包括情感美、形象美、精神美、意境美等。赵芳女诗人我们在相处的日子里,经常探讨诗的美学。中国古典诗歌就是在写景状物,吟咏抒情中展现个人胸怀,心存家国天下。无论是中和之美、自然之美,感情之美,还是内容之美、形式之美,都体现了中华传统文化对美的追求。正是在这种美的追求下才产生中国诗词多变的风格,恬静淡雅是美,清新自然是美,精妙婉丽是美,豪放旷达是美,雄浑壮阔是美,沉郁顿挫是美,悲壮慷慨是美。中华美学追求"意境",追求"境界",追求"滋味",追求"韵外之致""味外之旨",在这种含蓄隽永的表达中,我们的诗性传统、诗意情怀才得以不停延续。她在创作中,诗不厌改,一个字都反复推敲,左品右品,直到自己满意。

蝶恋花·初雪

　　初雪无声花径瘦,曼妙轻姿,总把诗心诱。仙子孤芳惊素袖,静怡闲雅心依旧。　　轻触西窗闻浊酒。笔乱新词,点了春和柳。望月问情增一首,流年莫负佳时候。

虞美人·红颜泪

　　邀风赏雪赢长路,亮点频频顾。闲情弄阙和筝鸣,玉笛声声何处诉衷情。　　花开不尽邀相醉,惹了红颜泪。从来梅雪故由多,一朵入心今世共长歌。

两首词,一首咏物,《初雪》移情于物:"轻触西窗闻浊酒。笔乱新词,点了春和柳。望月问情增一首,流年莫负佳时候。"花、浊酒、春柳、月、穿连起来形成流年,以点与面的结合。万事万物都是彼此相互联系的,不是孤立存在的,描写的景物也一样,它们总是和周围的景物有着千丝万缕的联系。因此,在写景状物时,不是孤立地静止地写主体物,还能够把主体物周围的联系物,点面结合,烘云托月,使主体形象更丰满,更有特色。《虞美人·红颜泪》:"花开不尽邀相醉,惹了红颜泪。从来梅雪故由多,一朵入心今世共长歌。"情感真挚,对"真"的追求贯穿诗的始终,在抒情上离不开一个"真"字。"情"感物而发,因四时的变化而感慨。客观的物象触动作者内心的感情,于是作者思绪万千,灵感涌现,诉诸笔端。这种感触十分真实,来自于作家的真诚体验,在表达中展现自然的真实、情感的真实、内蕴的真实。从自然之真到情感之真,再到表达之真、艺术之真的探寻赵芳女诗人深谙此道。

凤凰台上忆吹箫·秋思

落叶缤纷,黄金漫道,回眸暗度秋思。捉美意、年华锁定,掠影成诗。弯腰拾来记忆,一段情,眉案同齐。苦当初、何须别离,怅然东西。　　听风踏堤问柳,只怪那,乱红伤了明眉。也可惜,流年似水,负了相知。慢语抚平判断,论知音、有你还谁。新晴里,霾去更看清分。

声声慢·惜花颜

枫红色重,柳舞西风,人来往往婳中。廊榭清幽闲婉,水鱼惊宠。裙绕曲径漫步,少语间、碧波频送。倒影处,缀烟霞、翠袖怦然心动。　　此际霜醅葱茏,千鸟静,群芳即消谁懂。转角秋冬,弄影也伤叠梦。寒江最知邂逅,惜花颜,竞赏咏颂。觅觅处,绝唱第茶韵与共。

这两首词长调颇见诗人功力,层次清晰感情真挚,第一首《秋思》赋予氛围以意识和感情色彩,使词带有活泼鲜明的个性,环境气氛是一种客观存在,并不会因人喜怒哀乐有所变化。但是通过作者丰富想象,把周围景物当作一种有生命的东西时,环境气氛便染上感情色彩。"捉美意、年华锁定,掠影成诗。"捉住所需要的物象驻入诗句中。"弯腰拾来记忆,一段情,眉案同齐。苦当初、何须别离,怅然东西"点明了别离的亲人。眉案同齐相敬如宾,美好的一段情思,但是心中的人却忍心离去,永远的离去:"听风踏堤问柳,只怪那,乱红伤了明眉。也可惜,流年似水,负了相知"一种肝肠欲断难以言表之情涌上心头,叹也,负了相知……每每想起往事:"论知音、有你还谁?"质朴而真挚的语言脱口而出,情感到了极至。

第二首《惜花颜》惜花之颜拟人手法,惜花乃叹自己之颜也,这首词与上一首词乃姊妹篇。从"枫红色重,柳舞西风"写秋天,也暗示人到中年。"倒影处,缀烟霞、翠袖怦然心动。"此刻的心情没用浓笔勾勒,却用了淡淡的白描之手法,轻轻点染。"此际霜醅葱茏,千鸟静,群芳即消谁懂。转角秋冬,弄影也伤。寒江最知邂逅,惜花颜,竞赏咏颂。觅觅处,绝唱第茶韵与共"下片却又将难掩盖的心情一泄千里,以"谁懂、叠梦、邂逅、惜花颜、绝唱"情语烘托情绪的,但在这里却起了很重要的作用直抒心臆,一吐快也。"觅觅处,绝唱第茶韵与共。"结句蓄振起之力,悟到了情感与价值,不怕挫折以优秀的品质感染人们。回过头看 诗词给自己带来的最大改变,就是让自己更平和、更淡然地面对生活,尤其是生活中的不幸,词可以让人看到一个更美丽的世界,看到很多人与人之间温暖的真情。当看到更多的美好,就会化解那断肠之痛,将情归于诗词了。

访成都杜甫草堂

雨沐草堂诗沐客,唐风遗址破盆歌。
溪声无尽蓬门在,呼取清秋织笠蓑。

兰仓梦

秦皇故里正飞花,红袖翩翩舞翠霞。
大梦初晴天不老,千山明月照谁家。

访成都杜甫草堂:"溪声无尽蓬门在,呼取清秋织笠蓑";兰仓梦:"大梦初晴天不老,千山明月照谁家",两首绝句体现了诗人同情之心,美的不一定是善的,而美必须符合"仁"的要求,才能够具有善的内涵。两首诗甚有内涵,做到"善",就要把社会效益放在首位,用现实主义精神和浪漫主义情怀观照现实生活,站在人民的立场上,代表人民的声音,文艺作品不仅要正视残缺和不幸,痛苦和死亡,更要给人以尊严,以希望,激励情感,不断走向光明。传播和延续作品中的正能量,此作品不仅能净化和鼓舞读者心灵,更能使读者产生心理认同感,增强民族凝聚力和向心力。赵芳不仅作品充满善意,在引领陇南诗词学会的事业中,肯于奉献,从组织工作到诗词指导始终如一尽善尽美,诗品人品无不佩服,她的作品扎根于现实的土壤,真实反映宇宙人生。不仅要表达一己之情,更要在一己之情外,展现时代社会的整体风貌,展现更为广阔的现实空间,以一己之情撩动社会共情。这样其中沉淀的民族共同心理和民族审美精神,才得以传承和延续。在咏《仲春阶州》:"一江春水向东流,十里烟波映翠楼。雪到山腰停足步,丹青水墨绘阶州。"心中装着家乡。

白龙江

朝霞映日正当辉,虎啸龙吟丹鸟飞。
风挽流云山顶过,心吹岚气谷间围。
苍穹投影一杯酒,桑梓逢歌千阕衣。
长饮明珠斑驳史。浪拍两岸萏芳菲。

晚霞湖寄语

一湖情谊一湖茶,两岸葱茏醉晚霞。
玉女金童寻乞巧,青杨绿柳解年华。
纤云引鹊近长路,银汉牵桥短苦涯。
天上人间多少事,临风把酒话桑麻。

  两首律写得大气,"气"这东西是看不见,摸不着、似乎有点变幻莫测,其实它是真正存在于每一首诗中。人们一般都推崇阳刚美的诗,觉得气势磅礴。阳刚美是感情表达美的类型,而气势则是感情在诗中的形式表现。再细析之,气是感情的浓度和力度的形态。所谓"神完则气足","神完"即情感饱满,指的是情感浓度;情极则句遒,指的是感情力度,气足则易出警句,情极则易出豪言。这两首诗则作者正是在刚柔之间:"风挽流云山顶过,心吹岚气谷间围。苍穹投影一杯酒,桑梓逢歌千阕衣"阳刚之气,"玉女金童寻乞巧,青杨绿柳解年华。纤云引鹊近长路,银汉牵桥短苦涯。"阴柔之美。诗之大气无非讲究三气:从三气入手,大气,讲的是要有时代气息,让读者触到时代的脉搏。灵气,讲的是表象与内涵的幻化关系。底气,指的是诗中的内涵(信息)要丰富,传递感情和信息要多角度,大纵深,多方位。赵芳女诗人,爱诗如命,写诗可以废寝忘食,往往一气呵成,所以气脉是畅达的,气足则神完。

诗,不但神,而且圣。它是美学,也是哲学。它沉淀历史,也昭示未来。每一首诗,都是用泪水和血液写成,或灵动飘逸,或粗犷豪放,或婉约清丽,或苍凉幽壮,或从容淡定,或朴拙厚重……希望能带给读者一点点感动、芬芳、温暖与光亮。今后的路还长,一路走过去,花自会次第开放,愿赵芳诗花满园,永远是春天!

是为序

2018年7月23于海南

包德珍:中华诗词论坛坛主,海南省诗词学会副会长,中华诗词学会学研班、中华诗词论坛网络学院导师。

素语芳诗

——舍得之间(孙连宏)

闻人说诗,我也说诗。它人说唐诗,我却说芳诗。"诗言志"者、"诗无达诂"者、"诗以载道"者,尽是世人诗论。我却喜欢以美学的角度去看诗,没有美感,何谈诗词?而没有审美观,又何谈美感?翻阅起《天韵流芳》,所欲寻觅的,就是这样一种美感。

世上的一切学问,都是建立在美学基础上的。没有美学需求,就构建不起任何学问本身。而诗词,则是美的化身,它是美学中的精灵!虚实掩映,神思警艳,这般的美之精灵,已经超越了学问这个概念。所以,所谓诗词学问只是一个伪命题,诗词,是世间所有学问的总集合,它,就是一种人生修养。就比如,我们爱茶。

我爱茶,当然更爱茶诗。茶思饭想是一个成语,茶思禅破则是一种美学的当下。一缕茗香,必然谐来一品《茶韵》。茶之风韵,或许就是穿透文字之外的精灵,"碧色倾情一季春,馨香不仅逸红唇。闲壶能度仙山事,料卧清风缕缕真。"碧色未必就是碧螺春,倾情则一定是一季春。馨香未必说茶味,红唇更让茶思深。此际的茶思,就是传说中的神思。神思所及,壶中日月胜于酒,缥缈仙山如可闻。灵犀一点,袖里乾坤莫嫌大,醉卧清风最当真。茶不醉人,诗可醉也。

原以为作者比较陌生,蓦然回首,竟发现是十年之故交。一卷《天韵流芳》在手,原来彼此都没走远。诗韵之音,就是这么神奇,千山万水之外便可鼓瑟相闻。阅之兴起,当可论诗。论之未尽,茶以佐之。诗酒花茶犹未尽,舞之蹈之便是。

芳诗喜绝句,可知为人之干练。干净爽快诗中语,不使沟渠落花尘。喜欢绝句自有道理,七绝灵动一闪念,五绝一叶一菩提。古人云"诗言志",诚不欺我。就诗品诗,方为真味。

御泽春

微雨洗纤尘,云山几度新。
壶开香茗启,唇齿自相亲。

所以看重这首,其味蕴藉有余,其笔浓淡新奇。五绝,是近体诗里最难写的。它的难,不仅因为字数少而舒展空间小,更是要求以小写大,要求稳中求动,要求虚实互掩,还有那种份量感。一叶之间有菩提,世界藏于一花间。"微雨""纤尘"这二个词其实很微妙,虽然言其微,言其纤,但微雨实不微,纤尘亦不纤。微纤只是一种美学上的"度感",以大写大谁都能写,以小写大则见真功夫。

微妙之感以启,诗文就有了滋味。雨洗尘后,云山自新,承的稳当。景语铺垫足,情语随便出。品一壶清茶,那是何等的神游闲逸。神之所聚,必然就是心之念念。唇齿相亲,不仅仅是一种品嚼,更蕴藉着一种含蓄。有山有雨,会想到"空山新雨后,天气晚来秋",而呼应前面的微雨,更联想到"落花人独立,微雨燕双飞"。云山微雨到唇齿之间,就是一种开合,就是一度虚实,也是一种镜头远近的推拉。这个五绝,写出了味道。当然,私以为,再辅佐以对仗的手段,其结构可能会更稳健一些。

善动五绝诗,当是胸襟大者,否则无法以势镇诗。五绝字少,它不似七绝那样可以以灵动见长,它需要的是字字千钧,字字相扣,牵一发而动全身。错落是表现，虚实是本质，工稳为前提，深厚为根基。美学要素需要以美学规律来实现。诗之深味，可在其中。

《天韵流芳》或许只是冰山一角，每首诗背后，都蕴含着更多的情味和品位。以前曾私论过，诗可解，也不可解。诗无达诂，见仁见智。但是，那种美学的穿透力，则是不分对象的，它的根基是主流审美观，具有审美需求的普适意义。所以，不论你爱不爱诗，都会被它吸引。不论你懂不懂诗，你都会享受它内在的旋律。真想每一首都给它做一番解读，但它的不可解特性又告诉我，还是让更多的读者去品味吧。我没有权利去"达诂"的。天韵承天道，流芳你我他。

同是爱诗人，不写一首不尽兴。草书七绝一首，以赠作者：

一度三千诗梦里，千回百转自生香。
且看月影谁擒去，轻扫琴弦问宋唐。

2018年7月

《天韵流芳——天骄诗词集》序

——黄荞

"生活不仅有眼下的苟且,还有诗和远方。"借用此诗评价赵芳女士的《天韵流芳》,入丝入扣。在诗人眼里,一景一物,一情一事,一咏一叹,皆可裁剪,幻化入诗,或绝句,或律诗,或成词,深耕数载始得薄发,洋洋洒洒终成大观,今日付梓,实为中华诗坛一幸事。正如包德珍老师贺诗评道:"风摇花影写情真,时有吟声越海滨。几度挥毫犹自得,诗如美酒见清醇。"

凭着对生活细致入微的观察,作者的诗,题材百花齐放,既有景,亦有情,还有感,为读者呈现出一幅有风有月、有花有草、有山有水的诗词画卷。在《小诗一首》"天外数红霞,江边一缕斜。孤帆着远影,疑是蜃楼花"中,诗人用了"数""一""孤"三个词,为我们展现出了一幅夕阳西下一抹红霞映衬着的寂寥江天,随着那一片孤帆的渐行渐远,恍如梦幻般的海市蜃楼,画风太美,情景交融,兼具"一道残阳铺水中""孤帆远影碧空尽"的名句之神。

凭着对情感细腻入微的提炼,作者的诗,风格万紫千红,或婉约,或奔放,或伤感,有直抒胸臆的,有托物言志的,有应景嘱托的。"飞花落笔伤离别,纵有相思对月斟。"(《菩提无语》)一"纵"一"对",没有丝毫的做作和呻吟,将伤离之别渲染得无以复加,这在作者的词中体现得最为明显。一首《南乡子·今夜雨微凉》就是很好的例证，且看"今夜雨微凉，往事迷离懒卸妆，且把心思堆案几，思量，灯若轻纱做衣裳。　魂断梦悠长，难顾清风寡问床，启盏挑明亲续卷。成殇，两处闲愁均断肠"。该词是诗人的一首感伤之作，抒发了诗人的思量之情、成殇之意。全词分为两层，上阕写思量之情，下阕写成殇之意，在情感的连接和跨度上均有很强的连续性和递进性。全词浑成而隐约地表达出了题旨，情入景中，音在弦外，篇终揭题，用词也极为考究，非反复推敲而不能得之。如上阕仅用"懒""堆"两个意象，就将意群"思量"刻画得入木三分，为下阕的"成殇"，作了很好的铺垫。

文化苦旅，诗人是精神上的贵族。"终夜无眠苦煞人，秋风敲雨洗红尘。枕前诗书难成句，台上青灯易画痕。提笔未描窗阁醒，披衣将坐竹帘昏。可怜痴影眉间瘦，卷起残联入梦真。"此首《古风秋韵》，起联出句直抒"终夜无眠"，尤嫌不够，对句再以"秋风敲雨"衬之，一个"敲"字，将无边夜色下的万般静寂描绘得淋漓尽致，陪衬"无眠"的"苦煞"之状，更勾起读者却道为何的兴致，颔联"枕前诗书难成句"，始让读者恍然大悟，一勾一描，诗趣跃然纸上，颈联的"提笔""披衣"，细微地刻画出读者耽于佳句、夜不能寐的情景，让读者对诗人孜孜不倦追求诗词的敬佩之情油然而生。

"不要人夸颜色好，只留清气满乾坤。"无论是写情还是写景，乡愁还是叙事，赠人还是体悟，诗人贵在自己真情实感的真实流露，都是经过精雕细琢的精心打磨，无不反映出作者内心对细微生活的细心感悟，无不渗透着作者内心情感的微妙变化和情绪的起伏，表达的是作者对美好生活和人生价值的尽情讴歌，传递的是作者豁达乐观和积极向上的生活态度。文笔流畅，格律工整，富含时代精神和清新透亮的文采气息，对读者有一定的感召力、感染力，使作品很容易引起人的共鸣。相信读者会在各自的细品慢嚼中体味出自己的一丝天韵，一份流芳。

"不经一番寒彻骨，怎得梅花扑鼻香。"最后，由衷地祝愿诗人的作品百尺竿头，越发清香。

2018 年 1 月于北京

黄莽：号山水悟道，字泓子，别称诗道，崇尚"佛心道为"，诗词活动家，祖籍安徽金寨县，2012 年旅居北京，以诗为生、以出版为辅至今，曾创办中国诗词协会并担任会长，现任中诗协文化传媒、中诗协研究会、中诗协官网法人，发表《一天学会格律诗》《诗人是贵族》《诗词音律由来对应表》等，已出版个人著作《梅花吟》《山水悟道诗词选集》《诗韵乾坤》《高山流水集》《佛心道为：山水悟道诗词·鉴赏》，主编大型公益书籍《当代诗词三百首·鉴赏》《当代中华诗词精选》等，迄今策划主编有三百余种图书，创作《厚德金寨》《月初妆》《飞花流月》《福地灵山》等多首歌曲。

贺诗一组

题《天韵流芳》并赠赵芳女士

包德珍

风摇花影写情真,时有吟声越海滨。
为唤苍山心底梦,好迎明月世间春。
松梅竹韵盟三友,冰雪霜姿作四邻。
几度挥毫犹自得,诗如美酒见清醇。

注:包德珍,中华诗词论坛坛主。

闻赵芳女士诗集付印遥寄

李蔚斌

昔曾梅寄陇头春,谁解苍山丽水人。
羌笛阴平终息影,花儿剑外足安贫。
非从雁唳秋萧瑟,何复牛犁雨润新。
留取丹心成一卷,闻鸡趁早自风神。

注:李蔚斌,原陇南市委常委、副市长,诗人。

赠天骄

晋　风

西北文坛奇异花,吟诗作赋走天涯。

一生故事研成墨,描出陇南千里霞。

注：晋风,中国实力派诗人。

贺赵芳《天韵流芳》付梓

武立胜

二月春来雪正凋,家山渐次起青高。

天风陇上初开韵,已绽诗花一色骄。

注：武立胜,《中华诗词》编辑,诗人。

目　录

第一部　引子《初心静月》

慧心曲/3

松涛声远/4

禅意秋风/4

第二部　绝句《品梅听月》

问香君/7

问　愁/7

遇良兮/7

秋窗细雨/7

赠　人/8

我有一张琴/8

无　题/8

小诗一首/8

西峡印象/9

惜花人/9

春　寒/9

天地间/10

中秋引/10

寒　露/10

属都湖/11

秋心归诗/11

桂花送香致教师/11

祝秋雨女士顺耳开心/11

多情裕河/12

赠王建花兼贺其诗集《生命如花》首发/13

临屏赠诗友武杨林先生/13

深切缅怀著名敦煌学家张鸿勋先生/13

金鸡报春/14

新春解语/14

新春寄语/14

春日踏趣/14

春　雪/15

惊　蛰/15

春雪之恋/15

仲春阶州/15

谷　雨/16

苹果花（新韵）/16

兰仓梦/16

寄高考学子/17

谁浇花开照额娘/17

夏　至/17

石榴花/18

西狭颂（新韵）/18

访成都杜甫草堂/18

话七夕/18

蝉鸣新词/19

秋心共勉/19

断魂引/19

亮剑朱日和/19

菩提无语/20

秋之殇/20

闪闪的红星/20

长安街偶得/21

题味人生/21

霜　降/21

咏　菊/21

访中华诗词论坛坛主
包德珍老师并相聚海南/22

和包老师《流水高山更识君》/22

次韵包老师并答/22

秋心归诗/23

秋心共勉/23

题"起青春之约"康县行/23

三八群芳谱/23

随　笔/24

秋　韵/24

梅雪之歌/24

年末解真/24

醉南山/25

南山抒怀/25

惜晓旭/25

咏中秋/26

为友人回国偶成/26

伤清明/26

飞歌一曲过楼头/27

寄离愁/27

题　事/27

金蛋儿的故事/28

感重阳/28

慕　思/28

暖妈图/29

七夕感怀/29

空　调/29

中秋感赋/30

中秋杂咏/30

橄榄意/30

橄榄景/31

· 2 ·

庐山忆/31

临屏赞我华夏女排/31

题 G20 杭州峰会/31

贺天宫二号成功发射/32

贺神舟十一号成功发射/32

祝贺中国民主同盟陇南市第二次代
　表大会隆重召开/32

乡　　愁/32

悼樊龙/33

悼余旭/33

祝贺康县诗歌学会成立/33

春　　韵/33

二月二/34

三八题樱花(新韵)/34

梅园探春/35

立冬拾句/35

风摇花影到高楼/35

再贺陇南市诗词学会成立/36

热烈庆祝陇南火车正式开通/37

春雪一组诗/37

官鹅沟即景/39

诗意裕河六首/40

琵琶吟八首/41

贺陇南美术馆开馆/46

赠武都书画院院长苏虎先生/46

赠诗一组/47

题画并赠武都书画院画家赵琳女
　士/48

赠陇南康神苦荞酒业总经理孙小燕
　女士/49

贺《仇池诗词》出版/49

贺诗友寒星出书之喜/50

武汉·题黄鹤楼一组(含古风)/51

中秋杂吟九首/52

古风一组/54

基地茶语外五首/56

第三部　律诗《折枝敲月》

感事之作/61

夜读临窗有寄/61

夜读怀远/61

西汉水新颜/62

秋　语/62

寄重阳/63

致阿宏致仕/63

即　　景/63

七夕问情/64

白龙江/65

阶州放歌/65

瑶寨游记/65

丁亥迎春曲/66

党旗飘飘/66

晚霞湖寄语/66

有感于武都网络春晚排练/67

黄土有情赞李慧/68

古风秋韵(新韵)/68

贺逍遥生辰逢重阳/70

寄重阳/71

《乡愁》似水年华去不还(辘轳体)/72

天骄下乡访贫记(外二十首)/74

魅力陇南之悠悠古韵(外十首)/81

第四部　词《闺中望月》

浪淘沙·树静风明/89

诉衷情·一叶秋风话柔肠/89

如梦令·端午节游记/89

巫山一段云·爱心接力/90

阮郎归·暑中事/90

画堂春·贺西和诗词学会成立/90

忆少年·丹桂年年为你香/91

鹧鸪天·咏菊/91

如梦令·如意/91

南歌子·歌唱党的十九大/92

一剪梅·梨花一瓣泪相随/92

浣溪沙·闲愁焚尽解真情/92

浣溪沙·青山有意画清晨/93

忆秦娥·悼樊龙/93

行香子·温馨女人花/93

忆王孙·春风烟柳古阶州/94

忆秦娥·长歌当哭伤如雪/94

渔家傲·阶州好/94

忆少年·寄天韵阁,魅力陇南之悠悠古韵诞辰/95

南乡子·今夜雨微凉/95

渔歌子·夜梦窗凉雨伴明/95

长相思·长相思/95

相见欢·美人怜/96

如梦令·夏思/96

卜算子·咏夜/96

卜算子·橄榄神话/96

卜算子·咏中国民主同盟陇南市第二次代表大会/97

朝中措·中元夜忆父/97

诉衷情·橄榄情/97

鹧鸪天·烟波弄情舞春光/98

诉衷情·春晴/98

感皇恩·橄榄梦/98

清平乐·橄榄续/99

江城子·橄榄城/99

点绛唇·儿行千里/99

眼儿媚·盼秋兮/100

乞巧女儿节两首/100

采桑子·殇重阳/101

高阳台·贺侄子高考留名/101
小重山·与君同看月如钩/101
满庭芳·饯行说/102
西江月·秋思/102
鹧鸪天·咏桂花/102
鹧鸪天·咏牡丹/103
菩萨蛮·咏夜/103
水调歌头·歌唱党的十九大/103
减字木兰花·清秋如约/104
凤凰台上忆吹箫·秋思/104
蝶恋花·初雪/104
东风第一枝·醉美裕河/105
虞美人·红颜泪/106
声声慢·惜花颜/106
早期练笔(十八首)/107

第五部　戊戌枕月

武都诗词成立兼贺/115
紫槐吟/115
七至海南/115
闲　题/115
小满情思/116
贺宕昌县诗词学会成立/116
寄《阴平诗词》/116
冬　至/117
祝高考生/117
元日探春/117
遣　春/117
文州三咏/118
茶　韵/119
兰仓诗梦·贺礼县诗词《兰仓古韵》
　结集(新韵)/119
钗头凤/120
腊八清唱/120
话端午/120
立　春/120
新春贺岁/121
迎春曲/121
一缕香魂一缕春/121
四月心思/121
惊蛰新题/122
感　怀/122
菊　韵/122
夏　意/122
雨夜失眠/123
赠司跃宁先生兼贺其新诗集付
　梓/123
八一军旗血染成/123
莲　心/123
莲　意/124
清　明/124

接机包德珍老师于陇南机场/124

嘉陵江抒怀/125

和包老师《嘉陵江夜》/125

和黄莽《嘉陵江畔即兴》/125

贺阴平诗社启新声/125

成都宽窄茶舍与包老师惜别/126

端午后记/126

冰美官鹅沟/126

杜鹃花开/127

似水流年/127

武都花椒/127

七月赴大足参加《诗刊·子曰》培训后记/128

鹧鸪天·包德珍老师访成县杜甫草堂/128

清平乐·诗起晚霞湖/129

西江月·七巧节仇池诗词盛会/129

西江月·秦皇湖怀古/130

忆少年·印象黄莽兼贺其《佛心道为》发行/130

卜算子·到大足/131

卜算子·五一劳动节点赞城市"跑跑"服务/131

一剪梅·梨花一瓣泪相随/131

眼儿媚·解风铃/132

行香子·温馨女人花/132

一剪梅·春闹阶州灯闹春/132

一剪梅·不负春风/133

醉花阴·乍念春光/133

鹧鸪天·梅雪之歌/133

苏幕遮·诗意阶州/134

满江红·抗洪霹雳情/134

阮郎归·暑中事/134

第六部 诗友贺诗一组《拘酒和月》

贺《天韵流芳》付梓兼赠赵芳/137

贺赵芳女士《天韵流芳》付梓/137

贺《天韵流芳》出版/137

贺《天骄诗词》付梓(新韵)/138

浣溪沙·贺赵芳女士诗集《天韵流芳》出版/138

鹧鸪天·贺天骄诗词结集/139

卜算子·贺天骄诗词结集/139

贺《天韵流芳》付梓/139

贺赵芳诗词付梓出版/140

贺《天韵流芳》诗集出版/141

祝贺天骄诗词出版(新韵)/141

浣溪沙·贺天骄老师《天韵流芳》诗集出版/141

天骄诗集付梓有感/142

临江仙·贺《天韵流芳》出版/142

贺赵芳老师诗集《天韵流芳》出版发行/142

祝贺赵芳老师诗集《天韵流芳》出版（藏头诗）/143

寄网友天骄/143

赠天骄/143

贺赵芳诗集出版/144

贺赵会长《天韵流芳》诗集出版/144

贺赵芳女史《天韵流芳》付梓/144

贺赵芳诗词集出版/145

贺赵芳《天韵流芳》出版/145

贺赵芳《天娇诗词》付梓/145

贺赵芳女士诗词集《天韵流芳》付梓/146

贺赵芳女士诗集《天骄流芳》付梓/146

祝贺天骄诗集《天韵流芳》出版/146

贺赵芳老师诗集《天韵流芳》出版（新韵）/147

祝贺赵芳老师诗集出版发行/147

贺《天韵流芳》面世/147

贺《天韵流芳》发行（古风新韵）/148

贺赵芳诗集《天韵流芳》出版发行（新韵）/148

贺赵芳老师诗集《天韵流芳》出版/148

祝贺赵芳老师诗集出版/149

祝贺赵芳老师诗集出版/149

闻赵芳女士《天韵流芳》付梓/150

藏头诗·贺《天韵流芳》出版/150

贺《天韵留芳》出版/150

贺天骄老师《天韵流芳》诗集出版（新韵）/151

贺赵芳《天韵流芳》发行/151

贺天骄老师《天韵流芳》出版（新韵）/151

贺《天韵流芳》出版/152

贺《天韵流芳》出版发行（古风）/152

贺《天韵流芳》出版/152

贺赵芳《天韵流芳》出版发行/153

贺天娇诗集《天韵流芳》出版/153

赠赵芳女友并祝贺《天韵流芳》付梓出版/153

贺天骄老师《天韵流芳》诗集出版/154

贺赵芳《天韵流芳》发行/154

贺天骄《天韵流芳》发行/154

卜算子·寄《天韵流芳》/155

贺赵芳《天韵流芳》出版/155

贺赵老师《天韵流芳》出版/156

贺《天韵流芳》出版/156

贺《天韵流芳》出版/156

贺《天韵流芳》出版发行/157

贺《天韵流芳》付梓/157

贺《天韵流芳》出版/157

祝贺赵芳个人诗集《天韵流芳》付梓

发行/158

贺赵芳女士《天韵流芳》发行/158

贺天骄会长《天韵流芳》付梓/158

贺赵芳女士《天韵流芳》上梓（新韵）/159

贺赵会长《天韵流芳》/159

祝贺赵会长《天韵流芳》付梓出版/159

天骄诗集付梓有寄/160

贺天骄会长诗集《天韵流芳》付梓（新韵）/160

贺赵芳女士诗词集《天韵流芳》付梓/160

贺天骄老师《天韵流芳》出版/161

贺《天韵流芳》付梓/161

敬贺赵芳《天韵流芳》出版/161

天骄《天韵流芳》付梓之贺/162

贺赵芳诗集出版发行/162

贺《天韵流芳》出版/162

附　录

附录一
诗词常识及入门/163

附录二
诗词音律由来对应表/177

附录三
常用格律/178

附录四
平水韵表/183

后　记/198

第一部　引子　初心静月

慧心曲

静心养慧也神仙,醉拥宫商角羽眠。
梦醒时分禅意近,轻敲诗句问何年。

天韵流芳——天骄诗词集

松涛声远

松涛声远韵悠然,心处虚灵半亩田。
仰问青莲非染意,空门微掩谢前缘。

禅意秋风

心入空门得日闲,静听禅意水潺潺。
晨钟暮雨不关外,一叶秋风一片山。

第二部　绝句　品梅昕月

问香君

美女有才思,偏偏为孰痴,
当年香袖里,多少梦和诗。

问　愁

箫声自远方,何事苦情郎?
梅月空回首,遥遥欲断肠。

遇良兮

遇良多久命,长驻桂香枝。
岁岁相合好,来生不得移。

秋窗细雨

秋窗多细雨,长夜枕无眠。
谁道诗情苦,青灯把墨研。

赠 人

憨态浇兰慧,春开两朵娇。
一朝君远去,枝叶卷长箫。

我有一张琴

我有一张琴,弦弦扣我心。
千山寻古韵,万水识知音。

无 题

横刀劈陇水,玉笔照明堂。
一步三回首,遥遥路更长。

小诗一首

天外数红霞,江边一缕斜。
孤帆着远影,疑是蜃楼花。

西峡印象

峡长众木森,云远涧幽深。
崎道连西蜀,悬崖映古今。

注:西峡是甘肃陇南一峡谷名。

惜花人

花约梦中人,香含一树新。
落家非彼玉,相看又今春。

春 寒

一夜千山白,春寒鸟绝音。
掩门轻煮酒,煨枕煲诗心。

天地间

——感记香格里拉游

千秋无绝色，心净耳无尘。
柔骨翩然处，惊鸿转塔人。

中秋引

佳期如梦至，金菊傲风华。
谁唱清平调？相思到我家！

寒　露

风冷清秋月，花开菊露凝。
摇窗听雁去，惊落一残菱。

属都湖

谁佐芙蓉色,深藏净佛陀。
悦天常顾盼,翡翠一湖歌。

秋心归诗

窗枕秋凉雨,藕花抱冷菲。
暑消蝉更急,切切唤诗归。

桂花送香致教师

桂花开八月,香气入学堂。
谁为人梯苦?芳菲孔子郎。

祝秋雨女士顺耳开心

雍容秦国女,莲手剪诗花,
移步生红果,云心顺晚霞。

多情裕河

一
秋风引

一曲秋风引,悠悠五马河。
驱车邀古酒,红叶谱情歌。

二
过钵罗峪梁(古风)

车近钵罗峪,凭窗摄意多。
狼毫频点处,翘首到裕河。

注:狼毫此处特指狼尾巴草。

三
秋红
—— 五马河边的柿子

谁道秋红老,甜蜜一树情。
霜风吹故梦,含笑总盈盈。

四
八湖沟的青苔

万物秋黄尽,青苔独向风。
芳心何为醉,情定洞仙宫。

赠王建花兼贺其诗集《生命如花》首发

好女生秦地,娇娇咏百花。
心流春涧水,语出绾朝霞。

临屏赠诗友武杨林先生

临屏不得识,只见绿杨骄。
四季留诗篇,金秋色更娆。

深切缅怀著名敦煌学家张鸿勋先生

先生乘月去,大梦筑敦煌。
从此留音绝,谁来续断章?

天韵流芳——天骄诗词集

金鸡报春

腊梅朵朵为何开,天韵流芳妙句裁。
谁抖雄冠华迈步,开喉亮嗓报春来。

新春解语

笔回灯影触年头,雪点梅心分外柔。
陇水传情吟旧梦,隔空望月解风流。

新春寄语

年华飞逝不停留,总忆青梅湿眼眸。
岁岁有心方入梦,一杯清酒慰千愁。

春日踏趣

雪化寒江鸭鹭欢,春风邀燕荡花栏。
踏青我欲寻红去,抢眼黄梅撷桂冠。

春 雪

桃花有意笑东风，惹得天姑返六宫。
入夜悄声无熟醒，醒来满目雪绒绒。

惊 蛰

春风习习拂花开，杨柳心思待雨猜。
江水翻新云碧梦，犁铧惊蛰响雷来。

春雪之恋

雪踏春梅恋那冬，竞相争美竞从容。
望穿秋水难如意，愿借东风葬慧踪。

仲春阶州

一江春水向东流，十里烟波映翠楼。
雪到山腰停足步，丹青水墨绘阶州。

谷 雨

雨生百谷催新梦,牛绘春图绾旧情。
三月花城多浣女,一歌一曲一川明。

苹果花（新韵）

谁点香腮一粉开,红颜欲醉倚君怀。
芳龄已解东风意,只待佳期入梦来。

兰仓梦

秦皇故里正飞花,红袖翩翩舞翠霞。
大梦初醒天不老,千山明月照谁家？

注：兰仓为陇南礼县的旧称。

寄高考学子

十年磨笔尖端老,一日争锋考卷沉。
贡院静思多取士,状元不仅此间寻。

谁浇花开照额娘

——怀念我的父亲

眼触白云泪触伤,对天长问父何方。
阳台竹椅空留守,谁浇花开照额娘。

夏　至

树影婆娑红影稀,瑞莲唯水揭花帏。
门前布谷声声叫,催紧农家抢麦归。

石榴花

不羡春光不约盟,花开五月自峥嵘。
遣其使命端阳丽,共与诗人祭屈平。

西狭颂（新韵）

谁牵云袂渡西狭,汉隶缘深镌石崖。
栈道躬身因何事,武都长话敬桑麻。

访成都杜甫草堂

雨沐草堂诗沐客,唐风遗址破盆歌。
溪声无尽蓬门在,呼取清秋织笠蓑。

话七夕

雨霁良宵莲影碧,烛红摇处两心齐。
山盟千乞今成巧,共度佳时话七夕。

蝉鸣新词

蝉咏新词秋已至,梧桐更漏抱寒明。
金簪卸下清凉意,不管箫声与雨声。

秋心共勉

品茗闻诗共榭台,凝香薄雾话池开。
若非秋意连春意,暗送烟波向我来。

断魂引

花容霁镜醒鸿蒙,万缕情思一幻空。
莫道奈何风月引,新愁旧恨葬苍穹。

亮剑朱日和

点兵列阵阅沙场,铁骨铮铮气宇昂。
胆敢雷池谁越步,英雄亮剑试锋芒。

天韵流芳——天骄诗词集

菩提无语

飞花落笔伤离别,纵有相思对月斟。
风佐秋声闻鹇去,菩提无语燕莺深。

秋之殇

天灾无戒更无情,一夜秋风变哭声。
皓月乍虚殇自暗,愁长梦短叹三更。

闪闪的红星

——致抗险救灾一线的人民子弟兵

纵然大难卷秋声,处处人民子弟兵。
枕月盖星披急雨,忠心一片国家情。

长安街偶得

甩开广袖三千里,舒得西风一夜惊。
霾去人来英满地,顺天时令赏天晴。

题味人生

一桌华彩扣人心,锦绣连环味外斟。
痛饮人生须莫急,话留半句盖森林。

霜 降

清秋暮雨败荷装,长夜潇潇露浸霜。
残柳不闻虫鸟唱,懒摇身段色泛黄。

咏 菊

不畏霜寒不吝色,赤橙黄绿竞婆娑。
谁人篱下温清酒,醉倒诗人意为何?

访中华诗词论坛坛主
包德珍老师并相聚海南

问道先贤到海滨,泪藏四目感如亲。
拜诗更举长情酒,从此相思共两人。

注:依韵包德珍老师。

和包老师《流水高山更识君》

扬起心帆问海云,眼前诗画懂涟纹。
涛声已谱相思曲,流水高山更识君。

次韵包老师并答

云舒云卷本无偏,缘定知音接海天。
陇水情长难没齿,诗心常顾续连年。

秋心归诗

窗枕秋凉雨,藕花抱冷菲。
暑消蝉更急,切切唤诗归。

秋心共勉

品茗闻诗共榭台,凝香薄雾话池开。
若非秋意连春意,暗送烟波向我来。

题"起青春之约"康县行

初入康南逢踏雪,山乡静默少欢歌。
香茶煮屋柴门暖,对饮闲聊品素娥。

三八群芳谱

浪漫樱花登舞台,招摇顾盼引蜂来。
东风只许一丝白,春色满园仕女裁!

天韵流芳——天骄诗词集

随 笔

花飞有感岁留痕,月枕星光待酒温。
烟雨半江随往事,新提彩笔慰诗魂。

秋 韵

正是秋风送菊香,文人骚客采诗忙。
抒来妙语联长句,寄往梅斋和月娘。

梅雪之歌

久锁天庭为孰痴,乾坤漫舞暗香知。
汉河上下觅芳迹,自古多情总是诗。

年末解真

一壶温酒半壶醉,弦月斜空映客真。
提笔仰毫难定意,总凭酣梦去埃尘。

醉南山

云衔玉带月痴纱,客聚南山饮酒家。
风醉夜移花正舞,银光碰碎玉琵琶。

南山抒怀

蛙声一片荔枝红,老酒新吟句半盅。
明月入怀千鸟醉,白龙起舞客惊鸿。

惜晓旭

——前无绝后林妹妹

香魂玉殒上青天,修道洁身了世缘。
梦断红楼花泪尽,柱凝一曲更相传。

天韵流芳 —— 天骄诗词集

咏中秋

秦皇故里正中秋,皓月填词醉九州。
谁道斯年非盛世,仅凭火炬笑全球。

为友人回国偶成

一片红枫一片情,归心似箭借云行。
离愁曾比西洋水,客至家乡月也明。

伤清明

悠悠别过已三年,相守相扶几个天。
霹雳一声明月泪,清明肠断万千千。

飞歌一曲过楼头

——观电视剧《大唐歌妃》,有感于许合子思君

深深庭院锁人愁,苦苦相思孰可囚。
弯月似弓心似箭,飞歌一曲过楼头。

寄离愁

又是清风唱冷秋,相思最怕泪长流。
凝眸凭月出宫去,不见阿哥只见愁。

题 事

品茗闻香遇月圆,听涛论剑夜无眠。
红颜问道灵山处,拱手相迎是少年。

金蛋儿的故事

美丽虚惊寻狗狗,互联大爱网阶州。
公园摄影婚纱艳,金蛋围观久逗留。

注:金蛋儿是一条可爱的金毛狗狗。

感重阳

满城风雨近重阳,捡起秋思忆故乡。
望断千山谁最老,菊花小狗陪亲娘。

慕 思

萧然愁绪慕晴天,湘韵悠悠泪振弦。
客至他乡魂故里,君音佳讯望频传。

暖妈图

窗外严冬窗内暖,八旬慈母织心宽。
神态唯美驱寒气,画面温馨意若兰。

注:图为陇南车管所所长张德奎先生之八旬母亲为儿织坐垫。

七夕感怀

水袖拂云泪更流,相思挂月寄牵牛。
飞星易懂人间爱,闪闪虹桥解禁忧。

空　调

宽厚仁慈更不私,孜孜不倦暑寒时。
谁人知晓其中汗,填满城池志不移。

中秋感赋

——写于父亲七十大寿

频频把盏笑声欢,寿贺中秋月共圆。
家父良宵七秩节,人间天上照无眠。

中秋杂咏

红唇皓齿宝石榴,圆饼飞眉抛不休。
笑看银须忽闪处,夜光杯里话千秋。

橄榄意

满山绿意秀阶州,江水滔滔咏高楼。
精准扶贫油橄榄,抗癌保健数它牛。

橄榄景

谁家秀女好妖娆,温婉娴淑赛柳条。
四季新颜春两岸,原来橄榄创情调。

庐山忆

偶逢烟雨捡竹枝,湖水如琴梦有期。
雾去雾来常不见,明年四月弄春思。

临屏赞我华夏女排

耀眼临屏震似雷,排坛呐喊铁玫瑰。
劈波斩浪分分破,华夏女神再夺杯。

题 G20 杭州峰会

湖光山色秋风醉,西子翩翩舞盛情。
世界精英齐举目,何人敢与我争鸣。

贺天宫二号成功发射

飞天一梦醒千年,宇宙出行遇月圆。
科技超强凭国力,天宫二号会群仙。

贺神舟十一号成功发射

腾云驾雾又飞船,气贯长虹入九天。
宇宙赞评中国好,银河之旅总连连。

祝贺中国民主同盟陇南市第二次代表大会隆重召开

十月金风醒会堂,民盟共计谱华章。
胆肝相照出心志,薪火相传正气扬。

乡　愁

黄昏入味茶香饱,隔耳听窗雨正新。
烟色朦胧疏远黛,乡愁满目洗微尘。

悼樊龙

江水滔滔涌向东,激昂慷慨送樊龙。
千山脱帽松涛敬,天地呜咽泪满瞳。

悼余旭

风华正茂似朝霞,飒爽英姿赛浪花。
展翅银鹰中折翼,苍天泣泪洗天涯。

祝贺康县诗歌学会成立

春风先问康南好,万种浓情笔早行。
文化传承非他任,齐心引领聚精英。

春 韵

春江拍岸柳芽听,花韵芳菲唤蝶灵。
我欲惊枝枝已晓,东风化雨润新庭。

二月二

二零一七龙抬首,雪退花开柳色柔。
我抱黄金当炒豆,香弥丁酉利赢牛。

三八题樱花（新韵）

烟霞十里不常开,总托东风续梦来。
每顾新姿裁靓影,芳魂缕缕释柔怀。

梅园探春

冬日梅园静悄悄,山鸟不知客来到。
茶罢农舍欲离去,一泉瀑布把春报。

立冬拾句

山着青烟叶着霜,隔窗却惑捡春阳。
红笺方落情长处,已见梅花绽心香。

风摇花影到高楼

——记陇南诗词赴文县开展诗词创作培训

一

风摇花影到高楼,云展诗心秋意柔。
古道杯声随韵起,平平仄仄酒中流。

二

风摇花影到高楼,眉展秋心画里柔。
古道诗开因韵霁,何愁句不曲中流。

注:"高楼"此处指甘肃陇南文县高楼山。武都到文县必经高楼山。

再贺陇南市诗词学会成立

一

诗袖轻轻舞,声声赞雅馨。
闻花春佐酒,点醉一龙吟。

二

畅说龙江水,轻弹好韵声。
登堂迎大雅,入室颂新旌。

热烈庆祝陇南火车正式开通

一

一声长笛破空鸣,山水欢腾万里晴。
辟地开天逢盛世,和谐载我踏歌行。

二

银龙穿越陇南行,水舞山欢万鸟鸣。
谁与斯年牵盛世,金鸡展翅报春明。

春雪一组诗

一

为睹雪容梳洗早,铺开纸墨入眠迟。
春心不倦春因梦,挑逗诗心二月痴。

二

玉絮落凡惊四野，梅花朵朵抱春痴。
风流一夜抛心志，播种诗情二月知。

三

常梦天姑玉面真，相思相欠为何人。
佛前久坐香心染，长夜吹灯读雪春。

四

飞雪落诗染素笺，红梅相映更堪怜。
谁言二月春来早，一夜相思倾玉川。

五

天花乱序舞春开，惹尽风流顾自裁。
羞彻江山无雅趣，断肠只为冷梅来。

官鹅沟即景

一
官鹅情歌

秋意婆娑水尽欢,丹心驱动步悠然。
玉壶扳倒官鹅醉,一夜情歌响丽川。

二
一线天遐想

谁弹韶乐到官鹅,羌笛吹丝引瀑歌。
一线碧斜珠玉撒,宛如仙女浣婆娑。

三
天瀑之歌

奇峰碧处泻天河,开卷奔流谱大歌。
李白曾留千尺少,官鹅飞瀑九重多。

诗意裕河六首

一

仙子缘何肯下凡，一池茶绿惹春馋。
少年不禁偷窥处，云做霓裳水做衫。

二

云做衣裳花做颜，碧空映水水潺潺。
幽林无圣金猴闹，乐得神仙更忘还。

三

羊毫难翠裕河茶，水色山光泡晚霞。
三碗趣闻聊不尽，八仙崖上醉桑麻。

四

叠翠峰峦九道弯，清泉飞瀑响三关。
五阳开辟同心路，木屋衔云眺远山。

五

青山楚楚挽人留，月照仙贤醉木楼。
春茗有心春茗悟，馨香一盏敬风流。

六

谁惹心弦舞翠微，翩翩如蝶共茶飞。
夜临天籁听风语，一往情深不肯归。

琵琶吟八首

——题武都琵琶高盛文化旅游生态观光园

题记：琵琶为陇南市武都区一生态乡镇，离县城40华里。现建有琵琶高盛文化旅游生态园，园内山清水秀，鸟语花香，景观自然，属武都世外桃源之仙境。

一

琵琶引（古风）

久闻琵琶远，今日琵琶行。
翠峰连云驰，已把古村惊。

注：琵琶过去因道路不畅而偏远闭塞，经济相对落后，自然环境没被人为破坏。如今高速畅通，离县城40华里的琵琶玄湾村党支部书记高常鸣利用生态自然环境打造出一片人文自然景观，创造了一个文化旅游生态园林供游人休闲度假区。

二

寻找古村落

荒村不见人，偶尔吠声亲。
试问老黄杏，方圆可有邻？

注：武都琵琶古道有一古村落，2008年"5·12地震"期间，全村人已被政府统一安置搬迁至离村落2000米远的平坝河川。现村老荒凉，居住仅两三户老人。前往琵琶高盛生态园必经此古村落。

三

玉女池

玄梁一道湾，玉女正梳鬟。
谁赐瑶池镜？深藏到此间。

注：玉女池为琵琶玄湾高盛生态园内一自然景观，传说远古时期，一女子在此溪旁等待情郎终老而息。因此，此地水洁颜浴身，有美容养生功效。

四
玄龙洞

击石闻仙路,潺潺一洞天。
清凉来避暑,定结梦中缘。

注:玄龙洞为琵琶玄湾高盛生态园内一景观,石山石洞,人在洞外击石,可听到洞内玄妙之音,似与神仙对话。

五
揽月台

轻踏云梯脆,盈盈到月台。
众山凭目秀,鸟语入怀来。

注:揽月台为琵琶玄湾高盛生态园内一观景台,四面青山环绕,各景点极目一览无余,夜聚此处,若逢月,更是美不胜收。

六
豆花面（新韵）

缘定身间福，平生不得贪。
而今赢一味，嫩嫩美舌尖。

注：豆花面为武都琵琶祖传特色美食，手工鲜豆花，与武都酸菜混搭煮上手工面，鲜、嫩、柔，餐后余味无穷。

七
凤凰台

乍来不晚拣春光，日月呈辉映地祥。
谁揽群山成曲咏？凤凰台上拟华章。

注：凤凰台得名源于一个典故。听老人们讲，传说生态园内凤凰坡曾经有凤凰栖息过，因此得名。

八

八仙桌（新韵）

酒过三分胜八仙，竹林满座论群贤。
天南海北凭闲趣，醉倒瑶池夜不还。

注：高盛生态园装修别致，取历史文化经典，合各地风情风貌，内设竹林闲屋，八仙桌共饮，别开生面，情趣盎然。

贺陇南美术馆开馆

——兼赠馆长崔鸿文先生

开门有喜见祥云,庆贺庄园水墨君。
一曲牡丹方唱罢,两杯劲酒水山勤。
众仙聚此相握好,不与朝堂争誉勋。
旷世丹青定丑美,挥出大笔胜千军。

赠武都书画院院长苏虎先生

深居钟楼盘虎丘,多情公子卉中修。
一枝一叶眉间语,万水千山画里游。
子弟凡夫空轩主,神韵奇墨述春秋。
空灵女子牡丹意,艳压群芳笔下羞。

赠诗一组

赠正雨先生

使君十载不寻常,陇上耕耘笔下忙。
此去金城逢盛宴,何时拥读汉华章?

新春题绝句赠张全新老师

金猪登上主席门,耳挂祥福手赐恩。
试问谁人当走运,全新笑看耀乾坤。

题龙佐锋画《春染陇原》

一池春水一山青,处处斑斓笔下灵。
云雀当知晨雾早,开喉亮嗓万花听。

图杜森山水画

山环水绕好村庄,浓雾如歌掩宝藏。
飞瀑音宽声十里,客身未到影飞扬。

题画崔鸿文《山水陇原》

磅礴气势看群山,诗意平衡水雾间。
天外神仙何处好,云游此地竟欢颜。

谢高天佑老师跟韵并赠

一联香墨甚浓茶,情系诗词寄晚霞。
神领千山留古韵,笔行万里著芳华。
金风易解长情路,玉露难开苦命涯。
《长恨歌》中言七夕,帝王和月话桑麻。

题画并赠武都书画院画家赵琳女士

心如春燕恋新枝,一脉情思花自知。
林水云间风独语,诗柔眉眼画姝姿。

注:此画为赵琳女士亲笔所作。

赠陇南康神苦荞酒业总经理孙小燕女士

孙家有女不寻常,武艺八般称二娘。
数载霜寒谈笑过,苦荞摇变酒中王。

注:孙小燕女士,性格开朗、泼辣,有原则,脾气直;向来不怕苦、敢尝试、求进步,向来喜欢接触进步人士;最早做过餐饮业,处理事情有原则、果断,她有时候胜过男人的决断,所以号称"孙二娘"。现任陇南武都康神苦荞酒业总经理。

贺《仇池诗词》出版

——兼赠编辑鱼树雄先生

茶过三杯闻好汉,仇池词海结诗缘。
六旬文笔通思路,闲鹤心胸揽泰巅。
把酒入怀吟百首,山川过目咏无边。
大唐李杜常相聚,人在桃园志在天。

贺诗友寒星出书之喜

闻书已到心如雀,搓手来回再放歌。
岁月蹉跎回往事,流年忘返数山坡。
幸存唐宋诗词梦,乐于春秋枕岁荷。
圆梦方知侬好汉,初心不忘谢弥陀。

注:诗友寒星,原名樊小东,甘肃天水人,在陇南西和县尖崖沟铅锌矿工作30年有余,至今坚守岗位,在艰苦的工作环境和生活环境下,他视数年为一日,视苦为乐,多年来在工作之余以写诗词为乐,助己度时,现已写词500多首,今已出书,高兴之余他又自吟一首以表心情。寒星是一位比较感性的诗友,他谦虚、谨慎、惜友、重义。他出诗集,众友高兴,为表示我的敬意与祝贺,特吟此句以表心意。

武汉·题黄鹤楼一组（含古风）

一

玉笛千年响不休，引来骚客赋诗稠。
可怜黄鹤空成影，唯见长江挽客留。

二

梦里常观黄鹤舞，几番登上此楼台。
先人已去空留梅，拾取一枝入我怀。

三

纵观鹦鹉翩跹处，不见黄鹤梦里来。
楚韵声声惊落雁，长江奔涌向前开。

四

梅花三弄入情怀，常梦楼台有鹤来。
鹦鹉洲前寻汉祖，平沙落雁影徘徊。

五
人在东湖

东湖有酒谁来开，笑语盈盈快艇猜。
家母旅行携伴侣，金花四朵胜天才。

中秋杂吟九首

一

桂香盈袖赋诗坛，仰望明空纾广寒。
一曲琴声闻夜好，中秋朗月舞漫漫。

二

四世同堂庆月圆，儿孙知礼孝为先。
红包开酒亲娘笑，灯火明楼夜不眠。

三

今宵无月夜无华，独饮窗前醉桂花。
雨露可随婵娟去，蟾宫玉兔住谁家？

四

蟾宫清冷夜清寒,孤饮窗前仰笔坛。
冷酒不知娘子意,桂花怀里梦银盘。

五

中秋逢雨少玉盘,长夜清清冷露寒。
玉兔不知哪里去,诗人笔下可围观。

六

梧桐疏影冷清秋,明月邀诗画外柔。
今夜吟怀何处是,桂花树下展歌喉。

七

抬头无月自涂鸦,冷酒清闲敬桂花。
此景此时谁可望,中秋探笔问诗家。

八

难得中秋咏意多,诗词把酒敬长歌。
摊开明月聊心志,曾照千山揽玉河。

九

月到中秋月更圆，举杯邀酒敬先前。
清风最解乡愁事，问遍千山共不眠。

古风一组

一

踏春拾趣寄樱花

江边一片白，仙子染阡陌。
红袖为谁醉？樱花最好客。

二

中秋杂咏

清辉明月伴中秋，孤影独樽花下愁。
岁月蹉跎色渐逝，何时催马送轻裘。

三
惜别

此去仁君还复还？车轮渐滚声渐远。
人生难免惜别泪，化作丹心挥陇坂。

四
山菊

小小菊花霜底笑，愈经寒打愈妖娆。
时逢枯叶待春雨，独请红枫助锦标。

五
有感于叶荷学诗并赠之

叶荷静夜谱新曲，婉转心思寄长烛。
一笔红笺情久远，轻颦眉黛意如玉。

六
赞秋林兼赠清风先生

秋林年年唱山歌，辈辈人才辈辈多。
游子回乡吟一段，朝天杨树舞婆娑。

七

有感于阿丑长夜写诗并赠之

不亲长夜不眠息,文字噌噌笔有力。
勤奋诗林三十载,逍遥墨海几多夕。
情怀释解高山戏,思绪储存网络国。
树下折樱装曲赋,花间撷露饰平仄。
丑娃多少韵情册,加马增车星斗忆。

基地茶语外五首

一

一壶茶语解诗风,基地沙龙唱不同。
天马行空齐侃侃,人生难得此三盅。

二

白龙江畔一壶茶,诗酒当歌送晚霞。
萍水相逢基地梦,隔屏交错饮天涯。

三

内修历史外华章,手掬莲心朵朵芳。
基地吹香风雅颂,慧心吐瑞笔飞扬。

四

鲲鹏也喜静心斋,雅士风流聚乐怀。
论赋填词吟万象,挥毫壮志树文牌。

注:此处鲲鹏指武都文联主席赵元鹏先生,静心斋指武都作协主席贾摄新先生。

五

基地钓鱼众作评,红旗招展朗空晴。
号声即响同前进,一笔戳翻外寇兵。

注:"基地"指甘肃省陇南市武都东江新区基地休闲楼。武都作协诗人们齐聚一堂,论诗作赋,其乐融融。

第三部　律诗　折枝敲月

感事之作

四月百花开，梅斋怡兴来。
轻敲门醒悟，漫步我徘徊。
隐隐多情苦，惶惶少句裁。
暮然年半逝，回笑费人猜。

夜读临窗有寄

入夜读良书，临窗思久余。
少年通宇宙，何日跃龙鱼？
问道借云憩，伤秋揽月居。
花间藏利剑，展日不当初。

夜读怀远

捧书咏字香，天韵任流芳。
心静思灵秀，神清聚气场。
弦空禅念近，涛绝更声长。
抛阕寄谁远，清风懂月光。

西汉水新颜

——寄西汉水隆昌路开通

悠悠西汉水,上下五千年。
自古羊肠道,如今龙马川。
妪翁说旧事,少壮写新篇。
项目投八岭,平台连九县。
山山升锦标,路路有金钱。
举市齐歌舞,欢声云里穿!

秋 语

又到重阳九,婀娜轻上楼。
腮红非酒染,情醉忆眸流。
追月彩云笑,渔舟唱晚游。
军传得胜鼓,鸽至不言愁。

寄重阳

岁岁菊花黄,今秋咏异乡。
婵娟遥故里,孤影近重阳。
豪语凌云壮,英雄征战忙。
何生愁苦意,断我寸柔肠。

致阿宏致仕

长年游宦海,情义播诗田。
童趣犹还在,花须已默然。
东篱弹白雪,北苑煮甘泉。
从此忆萝月,悠悠一谪仙。

即　景

天静鸟归平,柔柔恰雨生。
蒙蒙山顶秀,俊俊院中清。
翠影眉间暗,心灯字里宁。
千峰争美色,谁与我同鸣。

七夕问情

仇池言故事,西汉水流殇。
七夕年年过,牛郎月月望。
晚霞滋盛会,山野润光芒。
莲叶问情久,蒹葭送巧茫。
绣荷平苦念,织布疗悲伤。
神话牵心愿,绵延似个长。

白龙江

朝霞映日正当辉,虎啸龙吟丹鸟飞。
风挽流云山顶过,心吹岚气谷间围。
苍穹投影一杯酒,桑梓逢歌千阕衣。
长吟明珠斑驳史,浪拍两岸寺芳菲。

阶州放歌

白龙饮月八千岁,五凤含丹松柏青。
万象胸怀藏大史,阶州古镇孕新星。
瑶池不羡江南调,橄榄分封陇上屏。
羌舞踏歌方入蜀,沧桑褪去正繁荣。

瑶寨游记

瑶水多娇人有意,岸拍山色踏歌声。
妖娆屏翠遮云眼,婉转莺簧吸客睛。
软语留壶晨竹喜,闲裙探路晚风惊。
长天眷顾真灵秀,幸福当知陇上情。

丁亥迎春曲

爆竹声声唤彩灯,烟花朵朵弄春情。
金猪道福开新酒,银犬当歌辞旧城。
短信漫天情满地,亲朋千里语千声。
神州此刻不眠夜,歌舞升平庆太平。

党旗飘飘

山城来了好班长,恰似雄鸡名叫长。
巴蜀奔波取经远,衣衫浸汗访民忙。
敢为民众开新路,何惧天公考党章。
陇水陇山升正气,三江环抱举旗扬。

晚霞湖寄语

一湖情谊一湖茶,两岸葱茏醉晚霞。
玉女金童寻乞巧,青杨绿柳解年华。
纤云引鹊近长路,银汉牵桥短苦涯。
天上人间多少事,临风把酒话桑麻。

注:晚霞湖是陇南西和县最大旅游景区。

有感于武都网络春晚排练

撞起火花喷美景,年高更染色融融。
舞台规划迎春曲,团队挥情树我丰。
天下歌声怀祖国,陇南大梦孕雄风。
福娃送福全家福,春晚联欢网络中。

注:诗中所提的"天下歌声"指文明志愿者艺术团选送的合唱节目《天下乡亲》;"陇南大梦"指奉献者艺术团选送的演唱节目《问君陇南》;"福娃送福"指陇南飞歌艺术团选送的儿童舞蹈《吉娃娃送福》。谨以此献给辛苦排练的老艺术家、各团队演员及导演,还有节目筹备组的工作人员们。

黄土有情赞李慧

万水千山思橄榄,一枝一叶总关情。
苍穹昔日无程式,遍野今朝醒纵横。
翔宇有心亲播种,恩来惠及普民生。
品牌光大谁人是,黄土流金李慧明。

古风秋韵（新韵）

一

秋袭香园不等人,半黄半绿半如尘。
荷塘残影知时令,檐下青灯晓夜痕。
竹雨潇潇催阁暖,诗情楚楚卷帘昏。
远山青黛朦胧影,幻化楼台映水真。

二

终夜无眠苦煞人,秋风敲雨洗红尘。
枕前诗书难成句,台上青灯易画痕。
提笔未描窗阁醒,披衣将坐竹帘昏。
可怜痴影眉间瘦,卷起残联入梦真。

三

半卷窗帘半倚人,秋风秋雨洗心尘。
东篱有句多平仄,西苑无诗少笔痕。
雁过声声殇别影,花飞朵朵恋黄昏。
抱香却把经年忆,拣尽相思一叶真。

四

万里秋风一行人,醉于山水写红尘。
相携川渝留踪迹,约定三峡赋我痕。
飞雁惊云声不倦,行船拨浪雾知昏。
释怀男女寻真谛,热恋江河自写真。

五

秋风美了梦中人,醉在千山不染尘。
牵手群峨足有迹,触心百鸟耳留痕。
痴情寻古仙踪远,浪漫吟哦雅韵昏。
望断流云非往事,摄来美景寄童真。

贺逍遥生辰逢重阳

谁道秋高耳着霜,眉间红透九重阳。
拈花品茗好斟句,策马赢身不落颜。
半壁诗文升夜话,一江陇水断柔肠。
千山重叠逍遥梦,橄榄情深梦更长。

寄重阳

满城风雨近重阳,诗酒牵肠念故乡。
飞雁高歌声不倦,蒹葭低咏影凄凉。
千山回首生悲意,重露逢秋恋菊黄。
万卷长书愁不尽,初心不忘泪成行。

《乡愁》似水年华去不还（辘轳体）

天韵流芳——天骄诗词集

一

似水年华去不还，时光荏苒易朱颜。
青山依旧巍巍矗，涧水仍然默默闲。
乡路当今通大道，门前往昔绕泥湾。
杨家大婶村头坐，回忆阿伯两鬓斑。

二

椒红遍野晒乡间，似水年华去不还。
满目乡愁勾往事，全然回忆讲童颜。
指尖难过艰辛日，泪眼还尝晕眩关。
麻辣酸甜接地气，田头发小总贪玩。

三

满脑乡愁满脑还，花开花落一时间。
悠长岁月来还老，似水年华去不还。
路口老槐仍眺望，门前小狗总悠闲。
雨催风过情永久，庭院深深忆旧颜。

四

谁家秀女今出嫁,忆起当年阿姊班。
多少别离挥母泪,十八相送过情关。
悠长岁月来还逝,似水年华去不还。
雁落平沙终有调,轮回岁首改容颜。

五

一斗烟长伴笑颜,背粮赶马爱大山。
童年丧母方八岁,打小离家不一般。
日月同行为姐妹,雨风结伴踏人间。
仙尊故事悠悠寄,似水年华去不还。

天骄下乡访贫记（外二十首）

初见鱼龙不是梦　脱贫上尹变新村

《印象鱼龙》四首

题记：我们初到鱼龙后，先去了鱼龙镇政府，在镇政府书记的办公室里听镇上的领导和职工分别讲了一些曹俊的事情。从镇政府出来，我们直接去了高山戏的发源地，也就是曹俊挂职第一书记的那个村子——鱼龙上尹村。在那里，我们从高山戏传承人尹维新老人的歌声里又了解了一些曹俊的故事……

一

陇上山区有几贫？柏油马路领乡亲。
秋风落脚鱼龙镇，盏盏明灯洗客尘。

二

展眼通明路灯亲，揣奇信步访村民。
邻家楼舍高山戏，正唱脱贫上尹新。

三

民间有调总传奇,曹俊班师泪别离。
相看依依谁不舍,脱贫群众步难移。

注:曹俊,是中组部与中国文联选派在甘肃省陇南市武都区鱼龙镇上尹村挂职的第一书记。

四

人间故事总相宜,万物长情恨别离。
牵手山村为一梦,脱贫致富莫延期。

《忆曹俊》十四首

题记：正式了解曹俊的事迹是从上尹村委书记尹刘俊的述说中开始的，因为曹俊就住在尹刘俊家，生活上他和曹俊吃住都在一起，工作上他俩是第一衔接人。所以，我们是跟着尹书记的回忆真正了解了曹俊的全部扶贫事迹的……

五

京城派驻少年来，山野乡村菊正开。
党建党章铺计划，扶贫战略上平台。

注：曹俊2015年8月22日正式挂职上尹村第一书记。

六

三严书记有方针，组织宣传两委任。
会议落实抓党性，三实政策自修心。

七

联村联户当行动,服务三农自楷模。
大叔炕头聊往事,尹家小院绘蓝图。

八

一人重病整村忧,高校催儿更待修。
书记难眠无取舍,回生网络共筹谋。

九

微信互联众友筹,薄绵之力解烦忧。
曹公积德行高善,村里村头谢不休。

十

每见贫穷心底酸,自筹相助自胸宽。
互联众友多连接,捐物捐资好御寒。

十一

上尹来了大卡车,学生个个乐开花。
新衣新帽新钢笔,书记心中满是咱。

十二

整村推进齐规划,经济平衡重点抓。
建设开发出亮点,自来泉水泡新茶。

十三

春风吹过上尹村,中国文联送党恩。
资助资金千百万,药材广植富农门。

十四

高山有戏下洋川,书记携回一秀圅。
大爱不图谁大报,只留记忆刻长年。

十五

临走路灯着盛装,家家门口亮堂堂。
一年檐下同吃住,不是亲娘胜似娘。

十六

无言相对两相望,握住亲人泪更长。
送过一程回嫂子,京城还会问饭香。

十七

悠悠别过乡亲路，又见秋风送菊香。
泪播天长情地久，缘来缘去话文章。

十八

加鞭策马好流连，回望相亲地埂边。
四季并肩同苦乐，换来俊俊一蓝天。

《秋思》尾曲二首

题记：曹俊的事迹了解完了，我们和现任的第一书记汪杨又互动了很多。汪杨书记很年轻，也很热情，对我们一行也十分重视。我们去了上尹后，是他第一时间接待了我们，也是他把我们领到了高山戏传承人家了解武都高山戏，下午他又带我们了解了整个上尹村的情况，通过汪杨书记，我们不仅看到了上尹村现在的脱贫状况，还看到了上尹乃至整个鱼龙以后的发展前景。

十九

收尾自筹烹兔肉，作家笔下味悠悠。
访贫不见穷人迹，只见神仙戏里游。

二十

遍野菊花盛不休，秋风罢笔意难收。
回头笑问汪杨志，继往开来共计筹。

注：汪杨，是继曹俊之后中组部与国家文联选派到甘肃省陇南市武都区鱼龙镇上尹村挂职的第一书记。

魅力陇南之悠悠古韵（外十首）

一

万象情缘

白龙生万象，冬暖夏清凉。
溶洞出奇景，仙宫透佛光。
千年神话远，百姓宿缘长。
天地藏灵气，祥云聚此方。

注：万象指陇南市行政中心武都区景点溶洞万象洞。此洞冬暖夏凉，景观神奇，看啥像啥，故称万象洞。

二

官鹅情歌（古风）

官鹅秋色风来醉，四季衣裳九寨配。
试问冬流哪位退，羌寨妹妹舞长队。

注：官鹅沟又名小九寨，是甘肃陇南宕昌县生态名胜景区。

三
红色哈达铺

伟人窗口亮明灯,旧报浑然醒远征。
遮手额前山下望,挥师北上岭中承。
翻开革命光辉页,绕过艰难困惑层。
策略加油岷脚下,一挥大臂勇军胜。

四
古镇神话

一叶嫩茶伴酒香,晶莹剔透散厅堂。
远方有客常留驻,古镇灯前共品尝。

注:古镇指甘肃陇南文县碧口古镇,陇南龙井茶乡。

五
梅园夜话

茶话心情酒话容,梅家栈院觅仙踪。
拾得天籁助诗语,醉枕秋风不羡封。

注:梅园指陇南康县阳坝茶园,属生态天然氧吧之境地,游梅园,需在梅园住一宿才能品味其之深味与奥妙。

六
红色歌谣

红色云屏埋火种,少年挥臂抗大风。
传奇一夜留青史,革命前沿报效忠。

注:云屏是甘肃陇南两当县景点。"两当兵变"是习仲勋同志在 1932 年 4 月领导发动的一次起义,也是在甘肃发动的最早的一次武装起义。当时习仲勋同志 21 岁。

七
金徽有约

金徽有约饮三滩,避暑休闲共野餐。
天设宝盆到此境,神仙路过也留坛。

注:三滩属陇南徽县一景区,金徽指陇南徽县,也指徽县生产的金徽酒,全国畅销。

八
草堂望月

杜甫草堂谁望月，千年老窖酿长歌，
云开万里寻诗圣，今古奇贤有几何？

注：草堂指陇南成县杜甫草堂。千年老窖指陇南成县生产的成州老窖酒。

九
秦风悠悠

秦钟远远古风悠，穿越长河敬武侯。
谁统中原称霸主，兰仓絮语话春秋。

注：中原，是古华夏的别称。兰仓是陇南礼县旧地名。

十
魅力陇南放大歌

雄才天赐多谋略,泼墨挥毫放大歌。
描得陇南枝一朵,千秋功绩利长河。

第四部　词　闺中望月

浪淘沙·树静风明

禅意悟钟声，树静风明。潺潺秋水与书听。昼夜不关身外事，两耳清清。　　晨露醒筝鸣，一曲心经。空灵扫舍驻安宁。幽谷莫须纷杂染，烟雨平平。

诉衷情·一叶秋风话柔肠

华灯初上白龙江，秋意着红妆。悠然雅聚闲品，一叶定诗香。天有籁，夜无央，韵声长。秋来秋去，总话阶州，万卷柔肠。

如梦令·端午节游记

粽览桂林山水，头戴绿环红蕊。还念海边人，艾有椰风涛味。知己，知己，恰似藕花连理。

巫山一段云·爱心接力
——记陇南市诗词学会赴灾区慰问

急雨无情暴,洪灾致秋殇。疮痍满目泪成行,何处问担当。众志成城手,军民情意长,诗心接力筑心墙,大爱释无疆。

阮郎归·暑中事

骄阳似火好丰收,坡黄稻绿洲。昼长夜短暑来愁,心思被月偷。　方合眼,又睁眸,凭窗辗转稠。梦中莲下荡轻舟,流连那个秋。

画堂春·贺西和诗词学会成立

晚霞湖畔起歌声,仇池烟雨浓情。云华山上引旗旌,鼓乐长鸣。　祭拜伏羲先祖,人文福地昌荣。群贤聚此社堂明,笔引诗生。

忆少年·丹桂年年为你香

呕心沥血鬓成霜,三尺良田育课堂。丹桂年年为你香。不寻常,夜夜明灯照笔忙。

鹧鸪天·咏菊

一夜秋风百卉伤,菊花含露送清香。晨开罗袖盘云髻,暮挑金丝缝丽装。　　知陶令,诉柔肠。篱前窗下醉留芳。痴心一曲弹鸿儒,独恋山间溪水长。

如梦令·如意

花醒朝阳怀里,曲与筝弦知己。何物肯相痴,能比影随形喜。如意,如意,同看藕前连理。

南歌子·歌唱党的十九大

雨润春花艳,风开菊色香。国徽灿灿国旗扬,决胜小康会议放光芒。　万里长城固,千秋伟业长。泱泱大国慨而慷,仁义近邻日月铸辉煌。

一剪梅·梨花一瓣泪相随

春草新来恋故情。燕子归时,桃李栖莺。年年此季引相思,愁了山丘,伤了清明。　心雨天吹声绝鸣。苦酒三盏,盏染眉睛。梨花一瓣泪相随,梦断前缘,魂系今生。

浣溪沙·闲愁焚尽解真情

梦绕魂牵道不明,闲愁焚尽解真情,花颜频瘦苦悲鸣。
香泪浸琴伤两地,新词入眼寄三更。红笺醉酒拂生平。

浣溪沙·青山有意画清晨

水浅鱼欢荷藕新,追赶戏蝶一童真,阶前窈窕醒红尘。
亭榭轻歌风作谱,花间漫舞影留神,青山有意画清晨。

忆秦娥·悼樊龙

千山咽,城池感动伤如雪。伤如雪,纵身一跃,警徽如血。
年方而立阴阳别,英雄无泪长河裂。长河裂,舍身救死浩然如月。

行香子·温馨女人花

芳草青青,江柳娉婷。樱花开,蜂蝶轻盈。东风十里,百鸟争鸣。眼欢心舞,水若镜,净生灵。　　流年似梦,难得晚晴。忆花季,一纸温馨。烟霞楚楚,叠哢闻莺。饮一杯笑,一杯春,一杯情。

忆王孙·春风烟柳古阶州

春风烟柳古阶州,江水悠悠花满楼,才子佳人画里游。忆春秋,眉掩诗词笔下稠。

忆秦娥·长歌当哭伤如雪

哽声咽,江城楼外伤残月。伤残月,长歌当哭,今宵何别。泪抽江水填一阕,追思遥恨红笺绝。红笺绝,肝肠寸断,内心如雪。

注:读英雄樊龙妻子长书而泪作。

渔家傲·阶州好

月落江心风浅笑,一舟独钓渔家傲,橄榄红灯温婉照。琴瑟妙,桥下青莲弹平调。　柳色低眉花色悄,玉人吹箫鳞波瞭,隔岸钟声轻轻敲。阶州好,一江春水邀春晓。

注:平调此处指抒情的乐曲。

忆少年·寄天韵阁，魅力陇南之悠悠古韵诞辰

秦皇故里，龙江两岸、飞歌不断。编钟曲弥漫，隐隐唐风婉。雅士抚琴吟一段，亮歌喉，诗词灿烂。青山韵不乱，白云终相伴。

南乡子·今夜雨微凉

今夜雨微凉，往事迷离懒卸妆，且把心思堆案几，思量，灯若轻纱做衣裳。　　魂断梦悠长，难顾清风寡问床，启盏挑明亲续卷。成殇，两处闲愁均断肠。

渔歌子·夜梦窗凉雨伴明

夜梦窗凉雨伴明，清晨芝露醒歌声，千鸟翠，万花鸣。楼台妩媚满园晴。

长相思·长相思

长相思，短相思，梦渡千山梦化诗，长情依月痴。　　路遥兮，恨遥兮，春夏秋冬景莫迟，相逢终有期。

相见欢·美人怜

无眠独自窗前,美人怜,似水柔情,几度梦相牵。　　苦回首,度良久,意难全,和月步庭,相聚问何年。

如梦令·夏思

仲夏蝉声喧闹,暑气满园萦绕,玉枕伴娇眠,团扇箅茶情调。知了,知了,叫醒菡荷欢笑。

卜算子·咏夜

月落静梧桐,倦鸟归巢呓,灯火初开陇水娇,好似长龙起。古渡咏新声,谁把乡愁寄,捡起竹枝才女栖,解透橄榄意。

卜算子·橄榄神话

剔透丽人心,润泽玲珑面,月下悄悄露皎容,惊动文殊院。风过陇山秋,丰韵归书卷,已是农家嫁女时,橄榄成经典。

卜算子·咏中国民主同盟陇南市第二次代表大会

欢聚一堂亲,民主同盟会。十月金风送爽来,同把家乡绘。出彩陇南人,励志精神贵。群策群芳共辱荣,祖国年年美。

朝中措·中元夜忆父

江风斜影对愁眠,明月静中元。已是别情凭忆,盂兰泪祭还叹。　　生平勤善,笑容再现,天上人间。孤影亲娘最念,阳台竹椅从前。

诉衷情·橄榄情

武都祥宇福民生,橄榄慧娘耕,刘家产业初链,三口结联盟。心望远,苦帮兄,叹殊荣。宅心仁厚,好事天成,大爱恢宏。

鹧鸪天·烟波弄情舞春光

柳色殷勤花弄妆，名都江岸竞芬芳。桃红醉看烟波雨，飞燕轻沾水色光。　　春十里，字千行。谁教灵袖舞斜阳，眉间最惜花常在，微点新姿助梦长。

诉衷情·春晴

桃红柳绿杏花天，风软水缠绵。燕飞新翠鸣啭，蜂蝶更翩翩。聆古韵，把春牵，枕诗眠。佳人寻梦，梦惹云簪，醒了秋千。

感皇恩·橄榄梦

橄榄进红墙，意深情重，总理频频笑亲用。开花成果，遍野汗流其中。　　感皇恩接见，扶贫梦，夙愿变真。喜盈天空，陇上江南万家宠。满山欣然，祥宇精神耕种，富民长久远，当歌诵。

清平乐·橄榄续

慧心养烛,深闺藏红玉,初长接枪家业续,再创木兰新曲。
巾帼不让须眉,心驰橄榄丽枝,济困帮扶风采,引领祥宇神旗。

江城子·橄榄城

白龙江畔雨初晴。绿成行,莺声鸣。云过影婷,朵朵笑盈盈。南岸有都平地起,油橄榄,建新城。　　龙头企业步征程。福民生,共峥嵘。国内有形,国外更飞腾。祥宇盛装携岁月同展翅,结联盟。

点绛唇·儿行千里

风起秋凉,儿行千里娘牵念,目随云远,飞雁能知返。
假日匆匆,今别回学苑。嘱长短,人间冷暖,警醒深和浅。

眼儿媚·盼秋兮

雨露凝脂入盆池,香汗浸容姿。青丝如诉,莲指亦蔻,雾水云痴。　　流连顾盼芙蓉浴,消暑醉沉时。骄阳似火,炎情暗度,试问秋兮。

乞巧女儿节两首

临江仙·何处歌声凄且婉

何处歌声凄且婉,唤来长夜心凉。谁将思绪久收藏,花容微带雨,西汉水流殇。　　七夕牛郎言故事,蒹葭送巧苍茫。两情相守又相望,晚霞荷为证,明月誓中央。

鹊桥仙·人间天上

晚霞映碧,仇池有约,西汉水悠悠唱。青莲红女更欢腾,鹊共舞,人间天上。　　纤云心愿,蒹葭理想,今夜月明心朗,牛郎心喜喜相逢。感七夕,笙箫凄壮。

采桑子·殇重阳

小楼窗外黄花艳,惹了秋光,愁了重阳,一叶深思一叶殇。今年不是去年景,影落山乡,泪浸文章,不见爹爹伴额娘。

高阳台·贺侄子高考留名

灵鹊欢鸣,群荷共舞,江边酒舍如春。满座亲情,贺侄子跃龙门。人生苦读终还续,谢爹娘、风雨含辛,换今天,中榜留名,发际如银。　　高朋叙旧开怀饮,唱清平乐调,祝福纷纷。学位神通,未来撑起祥云。十年飞逝攻前景,汗水咸、莫负纯真。校园宽,学海无涯,争做星辰。

小重山·与君同看月如钩

花谢花零又一秋。夜凉风更漏,鹊巢啾。与君屏满字交流。闻心事,感处世烦忧。　　彼此慰焦愁。倚窗而久立,望高楼。初心不忘眼交柔。情相寄。与君同看月如钩。

满庭芳·饯行说

此去公差,保身心重,海滨每况寒忧。学无头尽,以可好而修。闲散阳光浴沐,莫食酒、念健康由。言同事,话题中肯,相照应期周。　　时悠,传信讯,家人但见,凡事无愁。按常日休栖,择空秋游。习武不图骛远,终成志、大报成筹。人间史,长河不负,来日讲丰收。

西江月·秋思

长雨潇潇不断,佳人思绪缠绵,残荷瘦影不成篇,伤了句中眉眼。　　明月不来参照,黄花怎可明妍,凄凄隐去字中怜,且把相思重捡。

鹧鸪天·咏桂花

淡淡芬芳满院幽,润黄楚楚惹人留,暗香盈袖闺中蜜,文菊繁荣阶下羞。　　明月起,晚风柔,丝丝情意眉间流,画开一卷春风嫉,骚客无能树下游。

鹧鸪天·咏牡丹

烟弄风姿缓露颜,眉心微展醉金銮。玉楼还想梅花落,春色当痴佩玉环。　　风解语,语如丹。迟来却把众花寒。深红浅紫谁能顾?只待君王理发鬟。

菩萨蛮·咏夜

如痴秋雨绵绵读,竹枝心意轻轻掬。绣枕不能眠,烛红依小笺。　　菊馨通我意,长坐陪如桂。两地鹧鸪天,夜沉更醒禅。

水调歌头·歌唱党的十九大

宇乐响华夏,馨菊润明堂。九州贤达齐欢,击掌话辉煌。旗引和平世界,策拟恢宏史页,国事共谋商。红日正当初,一路谱华章。　　耀中国,旨仁义,不轻狂。雄心壮志,开旌航远政风扬。反腐铿锵不减,治国峥嵘添岁,锦曲助歌长。大义凛然在,龙首是东方。

减字木兰花·清秋如约

清秋如约,天上月柔风扑朔。娥曼心情,江影婆娑天籁鸣。与谁同说,拂柳踏堤三两悦。滚滚红尘,荡气回肠终至尊。

凤凰台上忆吹箫·秋思

落叶缤纷,黄金漫道,回眸暗度秋思。捉美意、年华锁定,掠影随诗。弯腰拾来记忆,一段情、眉案同齐。苦当初、何须别离,怅然东西。　　听风踏堤问柳,只怪那、乱红伤了明眸。也可惜,流年似水,负了青丝。慢语抚平判断,论知音、有你还谁?新晴里,霾去更看清兮。

蝶恋花·初雪

初雪无声花径瘦,曼妙轻姿,总把诗心诱。仙子孤芳惊素袖,静怡闲雅心依旧。　　轻触西窗闻浊酒。笔乱新词,点了春和柳?望月问情增一首,流年莫负佳时候。

东风第一枝·醉美裕河

雾绕奇峡,飞流溅瀑,芭蕉静态凸睹。深潭见底,附落叶、参天森树。路陡峭、攀觅金猴,逗食摄珍贪驻。 即境内、野生硕富,三碗趣、太平后主。五阳精准扶贫,潭梁八湖厚土。党员击鼓,锐气实、人心齐舞。设栈道、造景深闺,天道勤酬当赋。

注:1. "五阳"指陇南市委书记孙雪涛倡导修通的、从武都五马古镇直通康县阳坝梅园景区的一条利国利民的扶贫道路。五阳路开通后,带动了沿线贫困农户脱贫致富,逐步走向小康。

2. "三碗趣"此指三边文化,即一碗酒,一碗茶,一碗蜜。裕河地处陕甘川交界处。

3. "太平"此指太平天国。据考古证实,裕河余家河境内整片住户全部是太平天国运动失败后太平军容身此处繁衍的后代。

4. 潭梁、八湖(八湖沟)皆为裕河景点名称。

天韵流芳——天骄诗词集

虞美人·红颜泪

邀风赏雪赢长路,亮点频频顾。闲情弄阕和筝鸣,玉笛声声何处诉衷情。　　花开不尽邀相醉,惹了红颜泪。从来梅雪故由多,一朵入心今世共长歌。

声声慢·惜花颜

枫红色重,柳舞西风,人来往往画中。廊榭清幽闲婉,水鱼惊宠。裙绕曲径漫步,少语间、碧波频送。倒影处,缀烟霞、翠袖怦然心动。　　此际霜酣葱茏,千鸟静,群芳即消谁懂。转角秋冬,弄影也殇叠梦。寒江最知邂逅,惜花颜,竞赏咏颂。觅觅处,绝唱第茶韵与共。

早期练笔(十八首)

嵌名诗

白云收倩影,雷雨罩高楼。
孤鹤藏身苦,沙石随水流。
东方龙饮水,遥岸士漂游。
风劲嫦娥袖,轻拂日月愁。

注:诗中藏有八位诗友网名。

嵌名筑诗楼

逍遥筑百楼,吟啸自朋俦。
湘水稀来客,恬怡常应酬。
兰香羞月下,阁主醉中秋。
浪子风前过,如烟不忆愁。

注:以上隐藏八位诗友网名。

天韵流芳——天骄诗词集

嵌名诗

龙吟掀海浪,虎啸震山楼。
幽夜多怀远,闲人少渡游。
逸公遥望处,小住五洋洲。
把酒话千古,当歌咏两秋。

注:诗中藏有八位诗友的网名,当游戏制作。

生日练笔

烛光摇曳蛋糕鲜,梳理人生方与圆。
合掌如同祈圣母,添花锦上续新篇。

贺新年

京腔一曲贺新年,历史辉煌劲舞编。
唢呐昂头添喜气,羊毫挥墨续新篇。

试和逍遥先生丁亥迎春曲

爆竹声声唤彩灯,烟花朵朵弄春情。
金猪道福开新酒,银犬当歌辞旧城。
短信满天情满地,亲朋千里语千声。
神州此刻不眠夜,歌舞升平庆太平。

四月底南游小记一组

一

偶凭机翼揽星辰,最亮频频吻我唇。
南海观音邀请处,瞬间我也变真神。

注:第三句特指海南三亚。

二

身居天泽楼上楼，椰风海韵尽情收。
晨观天海一条线，暮取帆鸥画里游。

注："天泽"取海南三亚一星级宾馆名。

三

听涛兴至海龙湾，椰子槟榔对饮闲。
此地可为绝妙境，竟然令我忘归还。

注："海龙湾"是海南三亚一重要景点，在海南听说椰子树和槟榔树被称为夫妻树。

四

脚踏浪潮心至远，手遮烈日意绵绵。
问君此刻可同我，望眼遥遥也欲穿。

五

偶然忘我童心起,不是当年也似曾。
手捡贝壳还纳闷,"咔嚓"一响竟永恒。

六

走马观花也悦颜,又凭银燕落萧山。
巧逢天女撒丝线,美丽江南不一般。

注:萧山是杭州机场所在地。

七
西湖随想

苏轼站堤头,白娘塔下修。
断桥情未了,雨柳诉千秋。

八
苏州园林一影

人在画中游,阿婆荡小舟。
吴侬哼细语,相视乐悠悠。

九
三国影视城

太湖景之胜,隐隐有杀声。
不见真刀弑,原来影视城。

十
南京机场别亲人

频频挥手别机场,心底酸酸泪两行。
不是亲情稀有泪,古今书里话文章。

十一
咸阳随想

飞机载我落咸阳,想起则天造盛唐。
谁懂皇宫深浅处,赢得芳誉远流长。

十二
接车有感

金岛飞出宝马来,腾云驾雾甚开怀。
风光道道满身载,陇上山头走一回。

第五部　戊戌枕月

武都诗词成立兼贺

胜日寻诗早，花开莫等迟。
阶州多好聚，又是话茶时。

紫槐吟

谁折含香梦，轻开紫步摇。
玉指痴绝处，还把暮春撩。

七至海南

长天撩海碧，云燕落霞帏。
重拾椰风语，方舟载梦归。

闲　题

人少闲庭静，方间况味齐。
纳音非寂寞，谁解此中迷。

小满情思

浣雨织蓑衣,檐缸方小满。
春归掩梦真,醉卧胭脂馆。

贺宕昌县诗词学会成立

羌水踏歌行,春山鸟语惊。
杏花知韵事,相约宕昌情。

寄《阴平诗词》

古道有诗声,茶飞共和鸣。
青山铭士载,白马踏歌行。

注:士载为邓艾之字。

冬 至

亚岁迎祥始，围炉话酒开。
雪飞花令静，帘动美人腮。

祝高考生

十年磨笔老，星月注芳华。
秉烛拳拳意，开宗破海涯。

元日探春

梅高筝上雪，红袖弄相思。
谁解春娘意。东风第一枝。

遣 春

大寒无酒客，独坐赏梅开。
谁遣春还早。诗情雪意猜。

文州三咏

一

静美天池

顿悟天心早，开窗梳洗迟。
少年骑白马，正是娶迎时。

注：白马此处双关，也指甘肃陇南文县白马民族。

二、御泽春

微雨洗纤尘，云山几度新。
壶开香茗启，唇齿自相亲。

注：御泽春是文县碧口名茶品牌之一。

三、白马印象

倚山严守家山固,白马驰飞白羽歌。
酒浅常能迟昼夜,燃情篝火舞婆娑。

注:白马族,亦称白马人、白马藏族,是居住在甘肃省陇南市文县和四川省绵阳市平武县、阿坝藏族羌族自治州九寨沟县交界的岷山东端摩天岭中的一个族群,人口约 2 万多,民族语言为白马语,信仰为自然崇拜、苯教、佛教。白马人历史悠久,最早见于西汉《史记·西南夷列传第五六》:"自冉駹以东北,君长以什数,白马最大,皆氐类也。"

茶 韵

碧色倾情一季春,馨香不仅逸红唇。
闲壶能度仙山事,料卧清风缕缕真。

兰仓诗梦·贺礼县诗词《兰仓古韵》结集(新韵)

风卷西江浪自高,秦湖煮酒助诗潮。
冬敲赤土兰仓梦,春醒香山染律袍。

钗头凤

风卷西江浪自高,红炉煮酒染诗袍。
当枝别月谁惊梦,金凤钗头醉律毫。

腊八清唱

鹊落高枝鸣腊八,红梅吐蕊傲芳华。
喜齐粥满丰年事,更忆当年雪里娃。

话端午

一曲离骚一话长,忠魂难愤跃罗江。
粽来端午端诗事,对酒当歌祭国殇。

立 春

春打冰开鱼影出,腊梅催醒柳芽枝。
福临六九门头喜,又是秋千荡笑时。

新春贺岁

犬印梅花花印雪,福临除夕岁开门。
夜哗炉旺春声禧,数点堂圆笑满樽。

迎春曲

除夕鸡离接犬归,声声鞭炮礼花飞。
千门开锁迎新岁,万户张灯纳福晖。

一缕香魂一缕春

从来柔骨香春里,不负晴光不负心。
长笛沐风撩碧处,蝶迷馨梦恋花深。

四月心思

杨花落笔偏成阙,骨肉芳菲四月枝。
纵见红楼江水镜,一朝破语解春思。

惊蛰新题

春风化雨暖新泥,燕子斜飞影子低。
九满雷惊三月梦,诗词翻岁喊莺啼。

感 怀

一夜初冬雨,悄悄送雪寒。
窗关红叶去,风动绿云干。
何诉春秋急,堪听岁月宽。
今朝梅岭上,情曲为谁弹。

菊 韵

寒露群芳尽,一香独傲枝。
阶前茶与酒,方好煮闲诗。

夏 意

柳掩池眉书倚簟,芭蕉开扇动红纱。
琴声吹懂鸳鸯语,诗落蔷薇梅子家。

雨夜失眠

玲珑珠子芭蕉雨,碎上棂台枕夜凉。
笔落凌晨惊梦醒,寸心难耐补天伤。

赠司跃宁先生兼贺其新诗集付梓

纵横宦海荣长岁,铁骨铮铮击碣峨。
始信黉门培道义,清风朗月引吭歌。

八一军旗血染成

烽烟滚滚忠魂烈,八一军旗血染成。
长路漫漫生死忆,初心不忘为和平。

莲　心

斜雨霏霏画外桥,藕香深处浴琼瑶。
鸳鸯拍水云池碧,素有琴心槛内调。

莲　意

约定三生共白头，浮香无语枕清柔。
何来玉笛田田意，罗袖惊鸿绾绿洲。

注：清柔：出处宋代陆游《春晴出游》诗："今晨忽良已，风日亦清柔。"

清　明

飞花柔梦绾春城，柳色青青陌上行。
昨夜不眠闻好雨，日开香烛照清明。

接机包德珍老师于陇南机场

新秋风软握云飞，诗过千山揽月晖。
谁助女儿圆大梦，仇池有约润心肥。

注：仇池：西和县旧称。

嘉陵江抒怀

飞花着意坐秋平,长影斑斓曲水惊。
今夕嘉陵同望月,月融新酒笑盈盈。

和包老师《嘉陵江夜》

秋水无声夜自怜,灯横长影景相牵。
三人对饮嘉陵酒,弯月情柔好忘年。

和黄莽《嘉陵江畔即兴》

又是云高七夕天,晚霞湖畔水生烟。
蜀中有酒谁相约,最忘情时梦也圆。

贺阴平诗社启新声

昔曾频步寻天岭,今曲回旋振羽新。
一任抒狂平仄客,齐搦古道好诗人。

成都宽窄茶舍与包老师惜别

茶温离别意,相看两成珠。
丝竹升南浦,长亭望北都。
杯空知己远,肠断软风孤。
留住眶间泪,来年续酒壶。

端午后记

烟波伤逝水,悠远一怀人。
富庶齐端午,安康觉子民。
王侯恭楚子,诗赋祭灵均。
天问答无主,何尝谏意真。

冰美官鹅沟

羌家有美人,山古隔红尘。
玉质冰晶面,风花雪月身。
天光垂旧梦,云岭覆新姻。
何故遁仙外,香心晓意甄。

杜鹃花开

五月花如语,云山逞锦开。
子鹃啼不竭,游客久徘徊。
人鸟敬和合,芳菲筑梦台。
回肠翻教授,痴意映红腮。

似水流年

戴天明月好生熠,脚下红尘芳草萋。
花开流年成过客,梦回今日解灯谜。
大千情史三春柳,陌上渊源二月溪。
此去来兮何恋恋,飞歌还会对莺啼。

武都花椒

桌上萌芽入味新,晴光山外绝红尘。
遮天碧叶护家刺,入伏红袍养目神。
陇上江南多艳袖,电商客旅少闲人。
色香功本不愁嫁,北调南腔四季亲。

七月赴大足参加《诗刊·子曰》培训后记

巴山蜀水不眠夜,大足城南励志峥。
子曰诗经呼众达,摩崖儒道悟长情。
群芳争艳何斑烂,妙曲频横共绾声。
星月可知红袖事,一颦一笑总关情。

鹧鸪天·包德珍老师访成县杜甫草堂

天赐祥云落草堂,丽人含玉吐芬香。罗裙亲足诗流动,彩袖拈花词浅藏。　轻换步,细端详。高山仰止赋情长。此来种下梅花约,好望新人续雅章。

注:中华诗词论坛坛主包德珍老师受邀于2018年8月7日早上9点由海口美兰机场起飞,中午12顺利降落甘肃陇南成州机场。陇南诗词接机,下午由陇南诗词陪同参观成县杜甫草堂。7月12日乞巧节期间,包德珍老师在西和县开展公益讲座,全场130多人参加,盛况已享誉国内诗界。包德珍老师在陇南呆了一周时间,还参观了晚霞湖七巧表演意识、采访了礼县红河精准扶贫脱贫成果和礼县秦文化博物馆,来到陇南行政中心武都后,她前后又参观了武都万象洞、武都瑶寨沟生态园、白龙江湿地公园、武都南山公园建设和陇南站建设情况。离开陇南时由陇南诗词陪同至广元、成都,最后由成都起飞返回海口。前后总共11天全程由陇南诗词陪同。丽人:指包德珍老师网名渔艇丽人。

清平乐·诗起晚霞湖

雨霁云远，菡萏盈湖满。七巧回歌声传婉，杨柳情思缱绻。

陇上盛会金樽，仇池玉水名媛，蒹葭今又吹起，清秋人在诗源。

注：晚霞湖：甘肃陇南西和县一个最大的景区，离西和县城约5公里，这里原来是一座水库，如今改建成为了一座风光优雅的自然风景区。

西江月·七巧节仇池诗词盛会

陇上仇池乐鼓，晚霞湖畔花开。唐风宋雨启新台，盛会佳期莫待。　　好梦西江圆月，长歌云水情怀。酒香飘过女儿腮，天上人间喝彩。

注：仇池：陇南市西和县旧名。西江：此指西汉水，经流西和、礼县。陇南民俗文化乞巧节前后持续七天八夜，从七月初一头一天晚上西和礼县一带妇女以非常隆重的仪式将巧娘娘接进家来，供奉至七月初七晚送往西汉水，搭起鹊桥后再将巧娘依依不舍烧掉，待来年又将其接来供奉。

西江月·秦皇湖怀古

大梦长风怀古,绿原骏马驰新。牧鞭犹隐耳来亲,穿越先河万顷。 大堡一杯明月,祁山三国车轮。秦皇湖上谈星辰,放眼江山光景。

注:秦皇湖:由礼县红河水库打造而成的一处休闲度假的游乐景点。古秦人祖先的牧马场地。大堡:甘肃省礼县大堡子山是中国秦文化的重要发祥地,大堡子山见证了秦人筚路蓝缕初创基业的历程,为秦国后来的强盛和统一奠定了基础。祁山:指礼县祁山堡,建于西汉,是三国时蜀汉丞相诸葛亮统帅三军,挥师北上进攻曹魏的营堡,因诸葛亮"六出祁山"而闻名。

忆少年·印象黄莽兼贺其《佛心道为》发行

温文尔雅,莲花口出,琉璃同目。琴声袖间奕,剑锋游空谷。陇上新来江月婉,好清秋,施身祥木。诗心道为里,佛心归书屋。

卜算子·到大足

陇渝过平川，车马飞长足。初地闲来觅佛真，红袖添香国。
华地赋王朝，宝顶淘青烛。莲落摩崖一瓣心，得道丰衣谷。

卜算子·五一劳动节点赞城市"跑跑"服务

黄衣满街飞，美食随车到。风雨不迟分分钟，脸上阳光照。
汗水浸眉时，脚步依然笑，服务家家温饱间，向您说声好。

一剪梅·梨花一瓣泪相随

春草新来恋故情。燕子归时，桃李栖莺。年年此季引相思。愁了山丘，伤了清明。　　心雨天吹声绝鸣。苦酒三盏，盏染眉睛。梨花一瓣泪相随，梦断前缘，魂系今生。

眼儿媚·解风铃

帘动花容影娉婷,窗意解风铃。梅花失约,莲心初绽,五月流萤。　　玲珑骨子相思结,愁处缦开屏。春归何去,田田追梦,呓语谁听。

行香子·温馨女人花

芳草青青,江柳娉婷。樱花开,蜂蝶轻盈。东风十里,百鸟争鸣。眼欢心舞,水若镜,净生灵。　　流年似梦,难得晚晴。忆花季,一纸温馨。烟霞楚楚,叠啭闻莺。饮一杯笑,一杯春,一杯情。

一剪梅·春闹阶州灯闹春

春闹阶州灯闹春,龙饮长虹,夜袭游人。上元花市景融融,火树银花,月影罗裙。　　千古繁华今再循,彩舞流光,光弄氤氲。日增月盛映相辉,政合民心,策引春分。

一剪梅·不负春风

　　烟弄春潮花始开，正待君来，何待君来，流年似水莫徘徊。不负春风，不负情怀。　　如柳心思谁肯猜，二月笙歌，陌上童孩，风筝飞过忆当初。曾取云霞，种上红腮。

醉花阴·乍念春光

　　乍念春光时处静，雪弄梅花影。月落角楼清，玉笛飘飘，谁在声中醒。　　冰心已过千重岭，纵把情缘定。共觅醉花阴，漫续金樽，漱玉吹词酩。

鹧鸪天·梅雪之歌

　　久锁天庭为孰痴？乾坤漫舞暗香知。芳华曾失梅花约，今岁方弹明月思。　　飞故里，去胭脂。素颜惊彻万宗诗。桥头一树寒香醉，浅唱轻吟为一枝。

苏幕遮·诗意阶州

晓风疏,霜叶绮,日出氤氲,枫透娉婷意。江映斜辉山映紫,飞鸟衔鸣,眷语声声寄。 醒罗裙,痴裔袂,何故匆匆,何故花前醉。纵使缠绵情不累,移步冬来,疑似春阳媚。

满江红·抗洪霹雳情

暑气方临,云翻雨、雾遮山色。蛇出洞、鼠无藏处,久雷断陌。宿鸟隐林声失响,生灵涂炭门斜溺。惊鬼魔,洪暴百年灾,人神泣。 党号引,旗帜立。听命令,齐心力。险情何所惧,好男当一。大爱无疆分四野,人间正道赢常擘。霹雳剑、斩得雾霾消,天光吉。

阮郎归·暑中事

骄阳似火好丰收,坡黄稻绿洲。昼长夜短暑来愁,心思被月偷。 方合眼,又睁眸,凭窗辗转稠。梦中莲下荡轻舟,流连那个秋。

第六部　诗友贺诗一组
　　　　　掬酒和月

贺《天韵流芳》付梓兼赠赵芳

刘雁冰

人杰地灵钟陇南,天骄一出动吟坛。
高情雅意群伦羡,剑胆琴心比易安。

贺赵芳女士《天韵流芳》付梓

鱼树雄

凝寒料峭发春枝,天韵流芳最称奇。
沉郁婉约追漱玉,浅斟低唱醉黄鹂。
清吟旎旎飞悬瀑,妙趣湍湍漾碧漪。
中华诗词添锦绣,阶州巾帼胜须眉。

贺《天韵流芳》出版

成小毅

剑笔舞宫花,香书伴晚茶。
松风天韵出,陇上女诗家。

贺《天骄诗词》付梓（新韵）

李世强

陇地出才女，诗文贯古今。
清新云翳翳，隽永雾氤氲。
易安忽重现，文姬恍惠临。
剑鸣声响处，壁上见龙吟。

注：清末女诗人秋瑾诗云：休言女子非英物，夜夜龙泉壁上鸣。

浣溪沙·贺赵芳女士诗集《天韵流芳》出版

张开瑰

天韵阁中漫紫霞，书香朝暮伴清茶。阶州靓女笔生花。
八斗奇才堪咏絮，一帘浩月照窗纱。诗情墨趣艳芳华。

鹧鸪天·贺天骄诗词结集

张泓

犹忆当年品梅斋,飞歌一曲破空来。十年相见情依旧,袅袅清音咏妙怀。　　天韵阁,荟英才,千吟百唱竞登台。繁花鲜卉迷人眼,最爱天骄一树开。

卜算子·贺天骄诗词结集

郭军

有媛谓天骄,帘卷桃夭笑。凤舞鸾歌总是情,把盏清风晓。幽梦伴词芳,香袖邀诗绕。秋月春风尽有缘,一曲愁全了。

贺《天韵流芳》付梓

郭军

蒹葭采采探轩窗,天韵流芳秀一邦。
应是佼人挥妙笔,风骚胜却白龙江。

贺赵芳诗词付梓出版

王晓辉

一

秋色飞红秋花笑,手捧新词贺天骄。
古体律诗二百首,阅览掩卷心已潮。

二

初识君颜春风韶,踏歌弄酒写苦荞。
相见如故文相惜,武都作协同应召。

三

推介新人呼声高,天韵阁上聚英豪。
陇南诗坛风声起,龙江两岸渔家傲。

四

五部韵律月自曌,静美冷艳芳香绕。
当握倚天三尺水,剑胆琴心朝天烧。

贺《天韵流芳》诗集出版

鱼水翔

孜孜不倦砺华年，月下青灯伴卷眠。
酿酒拾芳呈锦句，飞诗和墨出佳篇。
一腔心事追清照，满腹柔情效谪仙。
织梦行云成大器，娇姿逐韵染香笺。

祝贺天骄诗词出版（新韵）

秋雨

天骄翰海志飞扬，铁砚狼毫杜库香。
沥血耕耘结硕果，丹书古韵墨流芳。

浣溪沙·贺天骄老师《天韵流芳》诗集出版

刘守德

奋笔芸斋共月光，才冠陇苑绽奇香，情生腕底更悠长。
平仄声中铭雅志，锦华句里见真章，一丝天韵自流芳。

天骄诗集付梓有感

鱼夏雄

阶州一女才,光影共依偎。
妙语诗坛上,雄风笔下魁。
胸怀天地气,冠盖韵文台。
百媚龙江外,香随四海来。

临江仙·贺《天韵流芳》出版

王建花

丽影如春逐梦,芳菲桃靥东风。诗思常与柳思同,柔情神定中,气韵贯长虹。　　尤喜笑容遮面,阳光也照花红。白龙江畔话初衷,红炉约李杜,煮酒论英雄。

贺赵芳老师诗集《天韵流芳》出版发行

张海斌

闻君常为仄平痴,今夏相逢恨太迟。
雅韵清音唐宋态,乐观豁达蕙兰姿。

祝贺赵芳老师诗集《天韵流芳》出版（藏头诗）

田雨燕

天生丽质品高洁，韵胜金莲馥郁香。
流景斑斓携爱意，芳华几度谱琼章。

寄网友天骄

何忠平

几度扣柴扉，柴扉久不开；
程门深几许，俚句待君裁。

赠天骄

史淑燕

风雨兼程顾，诗词陇上春
芳心容大爱，常度少年人。

贺赵芳诗集出版

赵书成

心地泓如海,丰知绩更优。
德贤清懿正,雅韵写春秋!

贺赵会长《天韵流芳》诗集出版

刘清宇

山隐龙江浪自高,佳人丽景共推敲。
忽闻云外一声响,天韵流芳独领骚。

贺赵芳女史《天韵流芳》付梓

廖正荣

忽闻巾帼出天骄,琴韵流芳竞舜尧。
明月清风辞一卷,白龙江水涌诗潮。

贺赵芳诗词集出版

张庆中

金风送喜韵凝芳,道是天娇集锦章。
女史才情终脱颖,龙江律动赋流长。

贺赵芳《天韵流芳》出版

张安定

庆贺天骄诗结集,阶州女史谱词华。
歌山颂水皆争阅,喜盼佳文映彩霞。

贺赵芳《天娇诗词》付梓

桂昌生

金秋送爽果粮丰,天韵高歌唱大风。
芳笔诗心吟世界,白龙浩荡永流东。

贺赵芳女士诗词集《天韵流芳》付梓

柏进财

雅韵天姿馥郁香,锦章多彩字飞扬。
龙江秋畔开花蕊,汇聚山川意远芳。

贺赵芳女士诗集《天骄流芳》付梓

高永久

诗坛天韵露芬芳,丽句清词尽妙章。
明月金风河岸柳,陇南胜景入文囊。

祝贺天骄诗集《天韵流芳》出版

马双林

一枝独放咏诗坛,天韵流芳醉墨间。
陇上文章有奇女,冰姿雪影等云闲。

贺赵芳老师诗集《天韵流芳》出版 (新韵)

高加强

诗宛花开分外妍,清吟荟萃入鸿篇。
才情恰似嘉江水,妙笔一枝若涌泉。

祝贺赵芳老师诗集出版发行

申军燕

句句诗词诉说情,饮茶慢品感人生。
跃然纸上成佳事,天韵流芳百世名。

贺《天韵流芳》面世

刘卫胜

旧识芳名远,今添韵集成。
不虚天寄意,巾帼一琼英。

贺《天韵流芳》发行（古风新韵）

申贵怀

天韵流芳寓意深，陇南艺苑赞声频。
墨香赏阅胸怀畅，笔下生花境界新。
循句犹闻清澈语，翻篇可见义情真，
美文字字诗词曲，佳作连连锦绣春。

贺赵芳诗集《天韵流芳》出版发行（新韵）

菊爱娣

轻风明月弄笛声，魂绕阶州万里情。
天韵流芳千世美，骄诗句句晾佳名。

贺赵芳老师诗集《天韵流芳》出版

张国栋

大美陇南秋色染，三江一水弹琴音。
天骄女史诗词出，人物风流试看今。

祝贺赵芳老师诗集出版

张敬年

一

果子繁枝尽物华,学生寄语女词家。
来年桃李满天下,十月门前又著花。

二

聚集心花天韵妍,文坛盛事斗芳篇。
精研格律宗唐宋,妙用词章涌玉泉。
笔落惊人诗万卷,典书付梓耀千年。
陇南大地皆飞燕,引领风骚结世缘。

祝贺赵芳老师诗集出版

董少文

陇南文苑有天骄,古韵新吟动鼓箫。
回首漫漫平仄路,诗声胜过白龙潮。

闻赵芳女士《天韵流芳》付梓

郑军

诗花陇上数天娇,斗艳芳香馥郁雕。
雅韵推敲研李杜,新茁赋作架金桥。

藏头诗·贺《天韵流芳》出版

王文伟

天光恰是金风起,韵满山川五彩枝。
流水清歌摇岸草,芳心丹叶逐波时。

贺《天韵留芳》出版

王得虎

摇影风姿秋色高,骚人雅韵诵天娇。
经论满腹醉邀月,吟赋作歌好逍遥。

贺天骄老师《天韵流芳》诗集出版（新韵）

王栋

硕果垂垂秋正高，长歌一曲赞天骄。
清词丽句文章著，流韵吟坛称俊豪。

贺赵芳《天韵流芳》发行

张羽中

阶州多俊秀，天韵有仙葩。
性善招人爱，情真九县夸。
风摇花影美，雨润白龙嘉。
千古文章在，诗词映彩霞。

贺天骄老师《天韵流芳》出版（新韵）

单马娃

不是瑶琴不是筝，却闻天韵隐潮声。
开封拈取几行嗅，古韵新风遍陇城。

贺《天韵流芳》出版

秦波

师范当年一小丫,娉娉仙子舞云霞。
天生韵笔吟唐宋,骄集流芳绽九葩。

贺《天韵流芳》出版发行（古风）

杨郭代

天高云淡江水平,韵香律美丽景晴。
流传百世后人赞,芳香溢满阶州城。
千秋唐诗明豪情,古韵宋词暗伤神。
绝色芳颜藏圣明,唱吟晓星露仙经。

贺《天韵流芳》出版

庞学先

穹桑玉韵扬,诗律永流芳。
妙笔书佳句,清吟翰墨章。

贺赵芳《天韵流芳》出版发行

张付成

秋歌雅韵醉山川,千首诗词妙笔编。
吟到境灵栖禅处,惠风畅达养心泉。

贺天娇诗集《天韵流芳》出版

周礼明

天正金秋汇锦章,韵风硕果赋坛香。
流云丽句江山秀,芳誉清词律味长。

赠赵芳女友并祝贺《天韵流芳》付梓出版

曾玉梅

白龙江畔女,陇上一枝梅。
剑胆诗群建,琴心艺苑开。
热情如火炙,辞赋似风徊。
天韵流芳远,华章咏絮才。

贺天骄老师《天韵流芳》诗集出版

廖进

素月骄阳天韵映,赋茶咏絮蕙才倾。
兰心玉指清词弄,辑册流芳万世情。

贺赵芳《天韵流芳》发行

屈学文

阶州才女句芬芳,锦绣为文玉作肠。
天韵驰誉传美话,青山长颂乐无疆。

贺天骄《天韵流芳》发行

柏晓勤

一

天高菊暗侵,枫韵雁悠吟。
龙水流诗意,闲云惹芳心。

二

正曳闲云赏菊行,忽闻天籁唱诗声。
经年洒播秋收好,枫叶三枚贺礼呈。

卜算子·寄《天韵流芳》

楚勤

君处白龙头,我住西江尾。万壑千林毓陇原,共饮家乡水。
天韵竞流芳,硕果何骄美。把酒长歌向金秋,未语人先醉!

贺赵芳《天韵流芳》出版

朱艳秀

几度耕耘谱雅篇,情怀动处赠流年。
从容笑对风尘事,潇洒行吟云水边。
自有孤清游赋笔,常将苦乐染诗笺。
陇南艺苑幽花放,美境佳词韵满天。

贺赵老师《天韵流芳》出版

杨博

天韵芬芳似水流，随君两载荡诗舟。
兰心蕙质情高雅，快意人生风满楼。

贺《天韵流芳》出版

张俊峰

白龙江畔水滔滔，天韵流芳涌笔毫。
丽质天生迷古韵，陇原文海领风骚。

贺《天韵流芳》出版

姜毓

诗心毓华章，妙语韵悠长。
陇右秦风起，文坛蕴馥香。

贺《天韵流芳》出版发行

董志刚

天之骄子陇原葩,四季芬芳映彩霞。
天韵流芳丹心卷,春风化雨沐诗花。

贺《天韵流芳》付梓

李明

天籁仙宫授,芳香气自华。
龙江传雅颂,山秀毓奇葩。

贺《天韵流芳》出版

陈默

巾帼亦天骄,雅韵乐陶陶。
陇上诗千树,豪情上云霄

祝贺赵芳个人诗集《天韵流芳》付梓发行

叶友红

万种风情好述怀,芳流天韵到瀛台。
阙阙谱就山川美,满眼阳光巧剪裁。

贺赵芳女士《天韵流芳》发行

罗德伦

喜有才人书雅卷,诗词曲赋妙珠连。
音元字字真文阕,片片香薰盖地川。
仄仄平平天韵畅,流芳在世亦叹贤。
篇篇墨指新儒典,独领风骚起唱传。

贺天骄会长《天韵流芳》付梓

王守城

龙江彩凤沐朝阳,嘉木嘤鸣著丽章。
花影清风溢天韵,莲心雅趣自流芳。

贺赵芳女士《天韵流芳》上梓（新韵）

蒲泽

隐耳惊雷贯碧空，梅英馥馥沐春风。
知时好雨田畴润，北斗高悬照夜明。

贺赵会长《天韵流芳》

陈永红

手把消息快步伐，江南陇上有奇葩。
激情赋韵山川笑，壮志成诗百芳压。

祝贺赵会长《天韵流芳》付梓出版

何水长

陇上金秋花果硕，蒹葭天韵翠芳歌。
慈悲仁爱诗词美，唐宋风华唱心和。

天骄诗集付梓有寄

彭彦平

西风一夜报秋凉,陇上新闻翰墨香。
露簟偶移清瘦影,风襟犹带晓寒霜。
诗存天籁何妨苦,酒入愁肠未觉狂。
红叶初开都满径,情怀桑梓自流芳。

贺天骄会长诗集《天韵流芳》付梓（新韵）

张国泰

天骄吟唱起飞湍,韵入龙江出陇南。
流盼九州巡万象,芳华绝代冠诗坛。

贺赵芳女士诗词集《天韵流芳》付梓

廖军晖

金风桓水总相宜,享罢荷香赏桂姿。
要数陇南谁最艳,天骄雅韵玉皇痴。

贺天骄老师《天韵流芳》出版

赵晓滨

陇原擎大帜，诗骨女中奇。
清韵得山水，孤芳携绿枝。
汗浇桃李秀，梦向故园痴。
又是金风爽，黄花拥竹篱。

贺《天韵流芳》付梓

巩晓荣

芳韵流诗桓水荡，天骄云彩闻嘤鸣。
随心锦卷裁珠玉，宋雨唐风陇上萦。

敬贺赵芳《天韵流芳》出版

樊小东

白龙江畔赶诗潮，好梦终圆友亦骄。
一雁领头千雁聚，碧空列队入云霄。

天骄《天韵流芳》付梓之贺

罗愚频

欣逢果熟稻香时,陇上争传谢李词。
荷韵还饶梅竹骨,韶音唐宋可相期。

贺赵芳诗集出版发行

董双定

天籁清音鸣啭长,韵言灵秀著华章。
流年岁月殷勤赋,芳润情钟溢墨香。

贺《天韵流芳》出版

梁贵平

天韵谁通解,灵心谱曲章。
人间多少事,着笔尽流芳。

附录一

诗词常识及入门

作者：黄荞

概述

诗词是一种特殊的文学体裁，是中国几千年传统文化宝塔最璀璨的明珠，因为她外延广、内涵深，其中包含了琴棋书画：琴乃中国古代乐器之首，音律按照宫商角徵羽，对照诗词声调为阴平、阳平、上声、去声、入声来配合诗吟唱，抑扬顿挫，铿锵有力；棋乃黑白围棋，讲究布阵，金角银边中间草肚皮，对照诗就是立意出新，起结为主，充分利用每个棋子（汉字），不得浪费；书乃书法，讲究一气呵成，有天赋的笔走龙蛇，无天赋的勤学苦练"我注六经"，诗词也一样，一气呵成则气顺，加上天赋和自身的勤学自有神来之句；画乃中国的传统国画，讲究技巧、布局，密的地方密不透风，疏的地方万马奔腾，对照诗词就是写作技巧上合理安排，用字精到，语句无可挑剔，疏的地方就是不画蛇添足，所谓画留白，诗留余味是也！这也就是"六经注我"之境界。

诗人是特殊的群体，人人都是诗人，但做到真正的诗人又何其难也！单从性格来说，只有一种性格的人只能叫文人，拥有两种性格的人叫"神经"诗人，而拥有多种性格的人才是真正的

"疯癫"诗人。而一位真正的诗人，不光是简单地写几首小诗，还要在各个文化层面有所研究，如医学、儒佛道、天文地理、琴棋书画皆要涉及。我们看古代的和近代当代的诗家，其性格是多样的，才学是多面的，如曹雪芹、李白、苏轼、黄庭坚、毛泽东，等等。他们除了在诗词上有一定的造诣之外，或善音律，或善国画，或善书法……因为诗词是艺术的象征，是宝塔上最耀眼的明珠，她的光辉是和以上几点密不可分的。我们无法评价或者说谁就是当代诗人，但有一点可以肯定，爱写诗之人，必是多情的，是善于捕捉的，是狂放的，是细腻的……

生活大于艺术，而艺术来源于生活，是生活的再现与浓缩，并高于生活，化繁而简，这需要很深的文学造诣和天赋。好的诗词观之见性、赏之见情、思之如泉。诗词风格反映了一位作者的个性，是浪漫如李白，还是厚重如杜甫，或恬淡似陶潜，见性见情，入哲入理都在读者的心中，希望通过此篇能给大家带来初步的认识。

初学基础知识

诗并不是深奥得不可探寻，诗有法，而也无法。从无法到有法，是不知到知的过程。从有法到无法，是一个飞跃的过程。我们不管学什么，做什么，都知道要把根基打扎实，只有根基扎实了才可以变换。诗也如此，不管你写现代诗歌、流行歌词，还是写古典诗词，必须了解它的产生和历代的演变。

每一件事情，都有它的起源始末。诗歌也不例外。众所周知，诗是一种可以歌咏的韵文。诗和其他艺术形式一样，起源于劳动。它是为协调劳动节奏而产生的。最初的诗歌，是人类集体口头创作的。

在文学史上，一般提到旧诗，都把它分为两种体裁，即"古体诗"和"近体诗"。这并不完全是以时代而划分的，那只是一种体裁的叫法。大家不要在字义上引起误解。至于新诗，即白话文的自由诗，不在旧诗之列，也不要误会它是近体诗。

所谓近体诗（又称"今体诗"），这是与古体诗相对而言的。它们从齐、梁时代的"新体诗"开始由不大讲究规律的诗格，转入极度讲究。诗人沈约在这方面建立了一套音的理论，首先奠定了律诗的基础。初时只限于五言，七言是由唐代人所创造的。

到了唐以后，诗形成特定的格律，一首诗的构成，有韵脚、平仄、对仗等，这其中包括了音律，铿锵之音要顿挫有力，读之余味未了。到了近代，胡适提出了改革旧体诗，提倡新诗，而自己却时常写旧体诗，这说明中国的诗歌经历了几千年的文化积淀，是光辉夺目的，是抹杀不了的。在创新的过程中，当代毛主席的诗歌可谓典范，但他也是在传统上（格律不变）创新，就是现代人不要拿现代的事物和眼光看古人，也不要拿古人的东西和现代比较，唯一不变的是诗之精华凝练、含蓄。如果今人写诗词，写风花雪月我敢说没有人能超过唐宋，而如今我们不能被外来的所谓"快餐"文化所俘虏，要把国学发扬广大，必须在传统上创新，写一些现代东西（但诗之有型，我们不能抛弃格律，不然就不伦不类了）。

现在很多人都搞不清楚怎样区别平仄，因为现代汉语没有入声，把阴平、阳平、上声、去声、入声分别转变成了一、二、三、四各个声调了。大致说来，汉语的第一、二声，相当于平声，第三、四声，相当于仄声。但是，第一、二声当中，仍杂有不少的入声字，作诗的时候，仍旧要归到仄声里去的。所以我们只要把这部分入声字识别出来就可以了。如果大家实在感到太难，那就用普通话来写。基本上把一声、二声归于平音字，把三声和四声归于仄音字。韵也要采用中华新韵，不能用平水韵，因为平水韵适合写近体诗。

诗的种类

一、有四言、五言、六言、七言、八言、杂言诗。又分古体诗、入律古风、乐府、歌行、赋得、集句、联句、词曲、绝句、律诗。

二、古风用韵相对自由，可不论平仄。

三、词有词谱，平仄无拗救之说，只需要按照词谱来填即可。

四、绝句、律诗。首先是韵脚，首句可用可不用，偶数必须用韵，（韵表：平水韵，中华新韵）只要对照韵部即可，一首诗不可换韵部。（首句可压邻韵，律诗尾联也可）用韵规则，偶句用了平声韵，奇句尾字用仄，偶句用了仄韵，奇句用平声字。

五、平仄四种常规格式万变不离其宗，一、三、五不论、二、四、六分明是基本，在奇数句子上最适合。初学者不宜用三仄尾，忌三平尾。每句里面要有两个平声字相连，这样就不会出现孤平。

六、尽量避免在一首诗里出现重字。

七、绝句一般不采用对仗，也有起句不押韵，承句对仗的。律诗首尾可不对，颔、颈二联必须对仗，颔联不对首联对，称"偷春格"。基本有八种对法，初学者宽对、工对、流水对、叠字对、反对最适合。

区分入声字

一、凡 b、d、g、j、zh、z 六声母的第二声字（"鼻"属于去声四寘除外），都是古入声字。例如，b：拔跋白帛薄荸别蹩脖舶伯百勃渤博驳。d：答达得德笛敌嫡觌翟跌迭叠碟牒独读牍渎毒夺铎掇。g：格阁蛤胳革隔葛国虢。j：及级极吉急击棘即脊疾集籍夹嚼洁结劫杰竭截局菊掬橘决诀掘角厥橛脚镢觉爵绝。zh：札扎铡宅择翟着折蜇轴竹妯竺烛筑逐浊镯琢濯啄拙直值殖质执侄职。z：杂凿则择责贼足卒族昨。

二、凡 d、t、l、z、c、s 六声母跟韵母 e 拼合时，不论国语读何声调，都是古入声字。例如，de：得德。te：特忒慝螣。le：勒肋泐乐埒垃。ze：则择泽责啧赜笮迮窄舴贼仄昃。ce：侧测厕策筴册。se：瑟色塞啬穑濇涩圾。另外，he：大都是入声（"禾、何、河"属于上平五歌，"贺"属于去声二十一个除外）。e：大都是入声（"阿、俄、蛾、娥、鹅、讹"属于上平五歌，"饿"属于去声二十一个除外）。

三、凡 k、zh、ch、sh、r 五声母与韵母 uo 拼合时，不论国语读何声调，都是古入声字。例如，kuo：阔括廓鞟扩。zhuo：桌捉涿着酌浊镯琢啄濯擢卓焯倬踔拙斫鷟浞棁。chuo：戳绰歠啜辍酫惙龊婼。shuo：说妁朔搠槊铄硕。ruo：若䐞箬蒻鄀。

四、凡 b、p、m、d、t、n、l 七声母跟韵母 ie 拼合时，无论国语读何声调，都是古入声字（只有"爹"属于上平六麻及上声二十哿咩，一时查不到古韵属于哪个韵部例外）。例如，bie：鳖憋别蹩瘪。pie：撇瞥。mie：灭蔑篾蠛。die：碟牒喋堞蹀谍鲽跌迭瓞昳垤耋絰经咥叠。tie：帖贴怗铁餮。nie：捏陧聂镊臬闑镍涅蘖

孽啮。lie：列冽烈裂洌猎躐捩劣。另外，jie：大都入声（"皆"属于上平九佳，"街"属于上平九佳，"嗟"属于下平六麻除外）。qie：大都入声（"茄"属于下平六麻且属于上平六鱼及上声二十一马，"趄"属于上平六鱼除外）。xie：歇挟撷协（只有这四个是入声）。ye：大都入声（"耶"属于上平六麻，"椰"属于上平六麻，"爷"属于上平六麻，"也"属于上声二十一马，"冶"属于上声二十一马，"夜"属于去声二十二驾除外），形声字中的"液""掖""腋"三字均是入声，但"夜"字就不是，是个特殊情况。

五、凡d、g、h、z四声母与韵母ei拼合时，不论国语读何声调，都是古入声字。例如，dei：得。gei：给。hei：黑嘿。zei：贼。

六、凡声母f与韵母a、o拼合时，都是古入声字。例如，fa：法发伐砝乏阀罚发。fo：佛。

七、a与f、z、c、s拼合时大都是入声（仨洒属于上声九蟹及二十一马例外）。ia和声母q拼合时，都是入声。ia和声母x拼合时，大都是入声（"虾""霞""暇"属于去声二十二驾、"瑕"属于下平六麻、"遐"属于上平六麻等及其形声字除外）。ia和声母j拼合时，唯有"夹""甲""戛"及其形声字是入声。

八、凡读ue韵母的字，都是古入声字。只有"瘸"属于上平五歌que、"靴"属于上平五歌xue二字除外。例如，ue：日约哕月刖玥悦阅钺乐药耀曜跃龠钥瀹爚禴衤粤岳。nue：虐疟谑。lue：略掠。jue：噘撅决抉诀玦掘桷崛角劂蕨厥橛蹶獗噱臄谲珏孓觉爵嚼爝绝矍攫躩属。que：缺阙却怯确榷壳悫埆阕鹊雀碏。xue：薛穴学雪血削。

九、xi 中阳平均为入声，阴平唯"昔""夕""析""悉""息"及其形声字及"吸、翕、锡"是入声。shi 中阳平除"时"外都是，阴平唯独"湿、失、虱"是入声。

十、fu 中"复、伏、服、绂、副（含富、福、幅形声字）"及形声字是。shu 中"赎、孰、束、叔、属、蜀、术"及其形声字是入声。

十一、一字有两读，读音为开尾韵，语音读 i 或 u 韵尾的，也是古入声字。例如，读音为 e，语音为 ai 的：色册摘宅翟窄择塞。读音为 o，语音为 ai 的：白柏伯麦陌脉。读音为 o，语音为 ao 的：薄剥摸。读音为 uo，语音为 ou 的：肉粥轴舳妯熟。读音为 u，语音为 iu：六陆衄。读音为 ue，语音为 ao 的：药疟钥嚼脚角削学。

根据上面的分析，大部分的入声字，都可从国语的读音来加以辨识，能如此，则对于诗的格律，自也不会觉得有什么困难了。

九种常见对仗

一、工对：同一类词语相互对偶叫工对。古汉语名词分为若干小类，同一小类的词相对便是工对，如天文对天文，地理对地理。有些虽不是同小类但在语言中经常平列，如天地、花鸟、诗酒等也算工对。李白"月下飞天镜，云生结海楼"。月和云既是名词，又是天文类词。李商隐："晓镜但愁云鬓改，夜吟应觉月光寒。"晓和夜是名词中的时令词对时令词。

二、邻对：邻近事类词语相对叫邻对。大约可分二十类：时令与天文；天文与地理；地理与宫室；宫室与器物；器物与衣饰；器物与文具；衣饰与饮食；文具与文学；草木花果与鸟兽鱼虫；

形体与人事；人伦与代名；疑问代词与"自""相"等字和副词；方位与数目；数目与颜色；人名与地名；同义与反义；同义与连绵；反义与连绵；副词与连词、介词；连词与助词。

三、宽对：不能严格区分词语类别，只按词性相同的要求构成对仗叫宽对。半对半不对也属于宽对。如"匈奴犹未灭，魏绛复从戎"中"匈奴"与"魏绛"是名词相对；"犹"与"复"是副词相对；但"未灭"与"从戎"便不对了，这联就是半对半不对，属于宽对。如元稹《早归》："饮马雨惊水，穿花露滴衣。"马、雨、水与花、露、衣。名词对名词，可称宽对。

四、借对：一个词有两个意思，诗人用的是甲意，但同时借用它的乙意来与另一词对仗，这叫借对。如"行李淹吾舅，诛茅问老翁"，"行李"的"李"并不是"桃李"的"李"意，但诗人却借着"桃李"的"李"与"茅"字对仗。有时候不是借意而是借音。如"事直皇天在，归迟白发生"，借"皇"为"黄"与"白"相对，这也是借对。"樽开柏叶酒，灯发九枝花"，借"柏"为"百"与"九"以数目词相对。还有杜甫《江南逢李龟年》"岐王宅里寻常见，崔九堂前几度闻"，寻常是平常的意思，古代八尺为寻，两寻为常，故借来对数目。还有一种借音，李商隐《锦瑟》："沧海月明珠有泪，蓝天日暖玉生烟。""沧"为"苍"与"蓝"相对。

五、流水对：对仗的一联一般是平行的各有其独立性的两句。但也有一种对仗，是一句话分为两句说，每句都没有独立性，出句和对句合起来才是一个整体。这种对仗叫流水对。如"金猴奋起千钧棒，玉宇澄清万里埃"就是流水对。

六、反对：意义相反的字互为对仗叫反对。比如"有"与

"无","多"与"少"。以反对为优,正对(意义相同或相近)为劣。

七、错综对:是指相互对应的两组词的位置转换交叉的一种对仗。如"于今腐草无萤火,终古垂杨有暮鸦","萤"与"鸦","火"与"暮"是交叉的一种对仗。这种情况只是偶然使用。

八、扇面对:扇面对就是隔句对。如"①缥缈巫山女,②归来七八年;③殷勤湘水曲,④留在十三弦",不是一般的①句与②句对仗、③句与④句对仗,而是①句与③句对仗、②句与④句对仗。

九、叠字对:在出句某一位置用了重叠字,在对句的相应位置也用重叠字。如"树树皆秋色,山山唯落晖","树树"与"山山"即是。

技巧

绝句律诗都采用起承转合,一首诗,在确定了主题(立意)并且选择好题材后,就要考虑如何组织安排这些题材来更好地表现主题。一般要求是,根据表现主题的需要,把题材主次分明,有起有结地组织成一个有机整体,从而构成一首完整的诗篇。

古人论诗的章法,多主起、承、转、合。起是发端,承是承接,转是转换,合是结束。一章之内,起结转换皆应随意而发展,不可离题过远以致脱节。切记不可脱离主题。起句:一般点题为主,有明起、暗起、陪起和反起四种。可根据自己的构思和题目来写,切不可死套。承句:接起句。要衔接得上可铺述,一般绝句的内容大都是即景抒情,故起承二句多为写景或叙事。转句:就是承笔之意转入正题之意,也可从正题上转入意境,情景上,转句非常重要。起承可直白，但转和结句（合句）一定要好好把握。打个比方，向心爱的人表白，你怎么也得斟酌用什么样的语言打动她（他）吧，诗也一样，多推敲，多修改。

初学要旨

一、贵有新意，律绝之诗切忌意杂，辞意最忌相碍与反复。

二、首先确定一个题材，题材要新颖。然后择韵，择韵很关键，它通常会决定一首诗的优劣。起句要耳目一新，不落俗套，中间要善于铺叙，夹叙夹议，但要不露痕迹。对句工稳，张弛有度。尤其要注意的是，尾联一定要有寄意或感悟。注重结束语，历代许多大家的观点都是一致的。

三、一般来说，诗有赋、比、兴等修辞。赋是陈其事而直言，就是叙述陈说。比是以彼物比此物，就是打比方。兴是先言他物做引申，就是借物或景开头，也可用作结束。

怎样修改诗

一、诗要精练，要取其精华，一首诗写好以后，如果觉得不满意，就从主题的中心思想上去修改，删除离题的词，争取每个字都能为主题服务。

二、一首诗里不要过多地使用叙述句，特别是抽象的叙述句在说明应交代的事项后，应多用形象化语言、比拟手法。

三、一首诗里不要出现雷同的词语和意思。

四、平仄不合理时：必须调平仄，方法有三。（1）换同义词或能代替的词，如中国、神州、华夏、禹甸、赤县意思一样，但平仄不同，可以根据情况选用。又如以东风、熏风表示春季；以南风、熏风表示夏季；以西风、金风表示秋季；以北风、朔风表示冬季。也可根据情况选用。（2）用倒装句，如主移谓后："沾衣欲湿杏花雨"；宾置谓前："草色遥看近却无"。（3）可用拗救法。

五、把改好的诗自己吟几遍，看顺不顺口，听其音韵是否能和诗的感情配合起来。如感觉不妥当的地方，就做进一步修改。气顺则意畅，意畅则有神来之笔。如果实在觉得不好修改，可与诗友探讨，或者放一放，等有灵感或者琢磨透了再修改。艺术是需要多去锤炼的。

细数拗救

1. 仄仄平平仄，仄平平仄平。本句自救

2. 平平仄平仄，仄仄仄平平。本句自救

3. 仄仄平仄仄，平平平仄平。大拗对句相救

4. 仄仄仄仄仄，平平平仄平。对句相救

5. 仄仄仄平仄，平平仄仄平。半拗未救的

6. 仄仄仄平仄，仄平平仄平。半拗救了的

7. 平仄平仄仄，仄仄仄平平。

8. 仄仄仄平仄，仄平平仄平。

备注：七言诗只要在此基础上前面延伸两字即可。

一、第一部分

1. 本句自救：

李白《夜宿山寺》

危楼高百尺，手可摘星辰。不敢高声语，恐惊天上人。

平平平仄仄，仄仄仄平平。仄仄平平仄，仄平平仄平。

对句为避免孤平本句自救，首字"恐"拗，在第三字换一个平声字"天"救。

2. 本句自救（特定格式句）：

王勃《送杜少府之任蜀州》

城阙辅三秦，风烟望五津。与君离别意，同是宦游人。

平仄仄平平，平平仄仄平。仄平平仄仄，平仄仄平平。

海内存知己，天涯若比邻。无为在歧路，儿女共沾巾。

仄仄平平仄，平平仄仄平。平仄仄平仄，仄仄平平平。

出句是特定格式句，即出句的"在"拗，"歧"救。

3. 对句相救（出句倒数第二字拗）：

白居易《赋得古原草送别》

离离原上草，一岁一枯荣。野火烧不尽，春风吹又生。

平平平仄仄，仄仄仄平平。仄仄平仄仄，平平平仄平。

出句"不"字拗，对句"吹"字救。

远芳侵古道，晴翠接荒城。又送王孙去，萋萋满别情。

4. 对句相救（出句倒数第二、三字都拗）：

李商隐《登乐游原》

向晚意不适，驱车登古原。

仄仄仄仄仄，平平平仄平。

出句"意"和"不"都拗，对句"登"字救。

夕阳无限好，只是近黄昏。

5. 半拗未救的（出句倒数第三字拗）：

李白《送友人》

青山横北郭，白水绕东城。此地一为别，孤蓬万里征。

平平平仄仄，仄仄仄平平。仄仄仄平仄，平平仄仄平。

出句"一"字拗,对句未救。

浮云游子意,落日故人情。挥手自兹去,萧萧班马鸣。

平平平仄仄,仄仄仄平平。平仄仄平仄,平平平仄平。

出句"自"拗,对句"班"救,半拗救了的(出句倒数第三字拗)。

二、半拗救了的(出句倒数第三字拗),既本句自救又构成对句相救

1. 李白《宿五松山下荀媪家》

我宿五松下,寂寥无所欢。

仄仄仄平仄,仄平平仄平。

对句的"无"字既救了本句的"寂"字,同时也救了出句的"五"字。

2. 王维《归嵩山作》

流水如有意,暮禽相与还。

平仄平仄仄,仄平平仄平。

对句的"相"字既救了本句的"暮"字,同时也救了出句的"有"字。

3. 李白《自遣》

对酒不觉暝,落花盈我衣。

仄仄仄仄仄,仄平平仄平。

对句的"盈"字既救了本句的"落"字,同时也救了出句的"不觉"二字。

唱和

唱和:亦作"唱酬""酬唱"。谓作诗与别人相酬和。大致有

以下五种。

一、和诗：只作诗酬和，不用被和诗的原韵。

二、依韵：亦称同韵，和诗与被和诗同属一个韵部，但不必用其原字。

三、用韵：用原诗的字而不必顺其次序。

四、次韵：亦称步韵，也是用得最多的一种；就是用其原韵原字，且先后次序都须相同。（备注：当代又流行一种倒韵和诗，就是用原韵，只是把顺序前后对换，就叫作倒韵和某某诗。）

五、分韵：指作诗时按照先规定若干字为韵，各人分拈韵字，依韵作诗，叫作"分韵"，也称"赋韵"。

附录二

诗词音律由来对应表

作者：黄莽

1	宫	商	角	徵	羽	少宫	少商
2	土星	金星	木星	火星	水星	文星	武星
3	君	臣	民	事	物		
4	天	春	夏	秋	冬		
5	5sol 1do	61a 2re	1do 3mi	2re 5sol	3mi 61a	5sol	61a
6	C	D	F	G	A	C	D
7	中央	西方	东方	南方	北方		
8	在音为宫	在音为商	在音为角	在音为徵	在音为羽		
	在声为歌	在声为哭	在声为呼	在声为笑	在声为呻		
	在变动为哕	在变动为咳	在变动为握	在变动为忧	在变动为栗		
	在窍为口	在窍为鼻	在窍为目	在窍为舌	在窍为耳		
	在味为甘	在味为辛	在味为酸	在味为苦	在味为咸		
	在志为思	在志为忧	在志为怒	在志为喜	在志为恐		
	阴平	阳平	上声	去声	入声	阳平阴平	阴平阳平
	弦用八十一丝、声沉重而尊	弦用七十二丝、能决断	弦用六十四丝、为之触地出、君臣之下为卑	弦用五十四丝、万物成美	弦用四十八丝、聚集清物之相	弦五十四丝、乃文王之所加也	弦四十八丝、乃武王之所加也

注释	1．中国古代音律 2．音律所代表的五行 3．音律所代表的关系 4．音律所代表的时令 5．中国的音律西洋演化为1234567 6．古琴音律定调，以上为古琴常用的三弦定位F音高，并以F为宫音的"正调"（又称："仲吕均""黄钟调"等）定弦 7．音律所代表的方位 8．通过所表达的意思来决定旋律

附录三

常用格律

【注】 ⊙代表可平可仄；○代表平；●代表仄；△代表韵脚。

五绝

类型一 平起仄收式 例诗：《道》

五千言宇宙，一字著乾坤。常诵万经首，方知众妙门。

⊙○○●●，⊙●●○△。⊙●⊙○●，○○●●△。

类型二 平起首句入韵 例诗：《与庄子对话》

高歌君作陪，舞剑响春雷。谁惹北风急，疑为小倩来。

⊙○○●△，⊙●●○△。⊙●⊙○●，○○●●△。

类型三 仄起仄收式 例诗：《雨中梅花》

傲骨迎霜雪，赞余多少诗。无情风雨坠，心碎泪谁知？

⊙●○○●，⊙○●●△。⊙○○●●，⊙●●○△。

类型四 仄起入韵式 例诗：《他乡客》

何事又乡愁，琼花落满舟。佳期如蝶梦，盼得泪双流。

⊙●●○△，○○●●△。⊙○○●●，⊙●●○△。

类型五 平起仄韵 例诗：《现实里的爱情》（诗韵新编）

奈河桥上月，曾定今生约。落拓问佳人，直言门第别。
⊙○○●△，⊙●○○△。⊙●●○○，⊙○○●△。

七绝

类型一　平起、首句不押韵　例诗：《游长沙抒怀》（新韵）
桂香柳暮菊花怒，橘子洲头谁等闲。
⊙○⊙●●○●，⊙●○○●●△。
雁过山风呼万岁，客来湘水荡云天。
⊙●○○○●●，⊙○⊙●●○△。

类型二　平起、首句押韵　例诗：《无题》
银河万丈渡无涯，幻境空灵生彩霞。
⊙○⊙●●○△，⊙●○○●●△。
世上何人来对句，桂香携手浣溪沙。
⊙●○○○●●，⊙○⊙●●○△。

类型三　仄起、首句不押韵　例诗：《李白》
五岳吟诗邀皓月，清风自古喜寒家。
⊙●○○○●●，⊙○⊙●●○△。
酒中得道何人及，独舞花丛到海涯。
⊙○⊙●○○●，⊙●○○●●△。

类型四　仄起、首句押韵　例诗：《逢秋不见秋》
已是金秋落叶时，满山葱绿暖风吹。
⊙●○○●●△，⊙○⊙●●○△。

红枫遥待相思苦,无奈霜神久不知。
⊙○○⊙●○●,⊙○●○●●△。

五律

类型一　例诗:《送友人石静波》(新韵)
青山新雨后,一路任云闲。临水别君意,折春寄柳安。
⊙○○●●,⊙●●○△。⊙●●○●,⊙○●●△。
舟争行万里,日落已江南。何事再相聚？东篱把酒欢。
⊙○○●●,⊙●●○△。⊙●●○●,⊙○●●△。

类型二　例诗:《赠江湖竹琴诗友》
知君今日来,昨夜把诗裁。江湖行不尽,怡海筑琴台。
⊙○○●△,⊙●●○△。⊙○○●●,⊙●●○△。
寂月花间酒,酬风扇底杯。京城多安事,聊寄蜀公怀。
⊙●⊙○●,○○⊙●△,⊙○○●●,⊙●●○△。

类型三　例诗:《清晨登悬剑山》
云雾苍山掩,悠然野径寻。悬崖垂白练,飞鸟入幽林。
⊙●⊙○●,○○●●△。○○○●●,⊙●●○△。
谁得真经去,空留宝剑吟。登高方识远,天地纳于心。
⊙●○○●,○○●●△。○○○●●,⊙●●○△。

类型四　例诗:《京中》
山海锁都城,白云天外生。问君何所得,回首哪堪鸣。
⊙●●○△,●○○●△。⊙○○●●,⊙●●○△。

早晚勤挥笔，春秋醉忘名。悠悠千古月，默默踏征程。
⊙●⊙○●，○○○●△。○○○●●，⊙●●○△。

类型五　平起仄韵　例诗：《灵山》

云山接海隅，石栈通星月。涧濑诉千秋，松涛歌万阕。
⊙○○●△，●●○○△。○●●○○，⊙○○●△。
佛心需道为，龙脊堪凌越。长住亦成仙，何人来访谒？
⊙○○●○，⊙●○○△。○●●○○，⊙○○●△

七律

类型一　例诗：《长城怀古》

始皇功德应称道，万古长城叹作奇。
⊙○○●⊙○●，⊙●○○●●△。
劲草悬崖秋色染，疾风穿雾雁来迟。
⊙●⊙○○●●，○○○●●○△。
哪堪战火山河破，谁惹红颜日月悲。
○○●●⊙○●，⊙●○○●●△。
多少栋梁魂在野，双眸望向帝王师。
⊙●○○○●●，⊙○●●●○△。

类型二　例诗：《金刚台》

金刚台上白云悠，撒豆成兵却落囚。
○○○●●○△，⊙●○○●●△。
是否秦王鞭下赶，又疑大禹肋中留。
⊙●⊙○○●●，⊙○●●●○△。

东西望断一条路，南北连绵百座丘。
⊙○○●⊙○●，⊙○●○⊙●△。

凤去龙腾千壑响，银河抖带汇淮流。
⊙●○○⊙●●，⊙○○●●○△。

类型三　例诗：《丙申年生辰酬答众诗友》
莫叹北漂知己少，诗坛唱和显情真。
⊙●○○⊙●●，⊙○○●●○△。

四方相聚百家论，一夜花开万里春。
⊙○○●●○●，⊙●○○●●△。

子美欢颜曾有梦，谪仙浪漫最无尘。
⊙●○○⊙●●，⊙○⊙●●○△。

共看沧海风云路，把酒高歌泣鬼神。
⊙○⊙●○○●，⊙●○○●●△。

类型四　例诗：《丙申年寄同仁》
漂在京城年复年，为诗无悔自扬鞭。
⊙●○○⊙●△，⊙○○●●○△。

惯看政客风云舞，莫论佳人昼夜颠。
⊙○⊙●○○●，⊙●○○⊙●△。

闹市行吟花佐酒，玉盘烹饪海生烟。
⊙●○○○●●，⊙○○●●○△。

闲来悟道参禅久，常向蓬莱会八仙。
⊙○⊙●○○●，⊙●○○●●△。

附录四

平水韵表

"平水韵"由其刊行者宋末平水人刘渊而得名。平水韵依据唐人用韵情况，把汉字划分成 106 个韵部（其书今佚）。每个韵部包含若干字，作律绝诗用韵，其韵脚的字必须出自同一韵部，不能错用。隋朝陆法言的《切韵》分为 193 韵。北宋陈彭年编纂的《北宋重修广韵》（《广韵》）在《切韵》的基础上又细分为 206 韵，但《切韵》《广韵》的分韵都过于琐细。

唐朝有"同用"的规定，允许人们把临近的韵合起来用。到了南宋原籍山西平水人刘渊着《壬子新刊礼部韵略》就把同用的韵合并，成 107 韵，同期山西平水官员金人王文郁著《平水新刊韵略》为 106 韵，清代康熙年间编的《佩文韵府》把《平水韵》并为 106 个韵部，这就是后来广为流传的平水韵。

平水韵部

上平一东：东同童僮铜桐峒筒瞳中［中间］衷忠盅虫冲终忡崇嵩［崧］菘戎绒弓躬宫穹融雄熊穷冯风枫疯丰充隆窿空公功工攻蒙蒙朦蕃笼胧栊咙聋珑奓泷蓬篷洪荭红虹鸿丛翁嗡匆葱聪骢通棕烘硿

上平二冬：冬咚彤农侬宗淙锺钟龙茏春松淞冲容榕蓉溶庸佣慵封胸凶匈汹雍邕痈浓脓重［重复］从［服从］逢缝峰锋丰蜂烽葑纵［纵横］踪茸蛩邛筇跫供［供给］蚣喁

上平三江：江缸窗邦降［降伏］双泷庞撞豇扛杠腔梆桩幢蛩［冬韵同］

上平四支：支枝肢移［竹移］为［施为］垂吹陂碑奇宜仪皮儿离施知驰池规危夷师姿迟龟眉悲之芝时诗棋旗辞词期祠基疑姬丝司葵医帷思滋持随痴维厄麋螭麾埵弥慈遗肌脂雌披嬉尸狸炊湄篱兹差［参差］疲茨卑亏蕤骑［跨马］歧岐谁斯澌私窥熙欺疵赀羁彝髭颐资縻饥衰锥姨夔祗涯［佳、麻韵同］伊追耆缁其箕椎罴篪萎匙脾坻疑治［治国］骊綦怡尼漪牺饴而鸱推［灰韵同］陲魑锤缡璃羸陂虉芪畸羲欷猗崎厓筛狮蛳绥虽粢瓷鳌痍惟唯机耆追岜丕呲貔楣霉辎蚩媸飔坭茊鲥鹚笞漓贻禧噫其琪祺麒栀鹂累跐琵祁骐訾咨睢馗胝鳍蛇［委蛇］陴淇丽［地名］厮氏［月氏］僖嘻琦怩熹孜罹磁痿隋透郦嵋椅［音漪，木名］

上平五微：微薇晖辉徽挥韦围帏违闱霏菲［芳菲］妃飞非扉肥威祈畿机几［微也、如见几］讥玑稀希衣［衣服］依归饥［支韵同］矶欷诽绯晞葳巍沂圻颀

上平六鱼：鱼渔初书舒居裾琚车［麻韵同］渠蕖余予［我也］誉［动词］舆胥狙锄疏蔬梳虚嘘墟徐猪闾庐驴诸储除滁蜍如畲淤妤苴菹沮砠踽茹橥于祛蘧疽蛆醵纾樗蹰［药韵同］欤据［拮据］

上平七虞：虞愚娱隅无芜巫于衢瞿氍儒濡须需朱珠株诛朱铢蛛殊俞瑜榆愉逾渝崳谀腴区躯驱岖趋扶符凫芙雏敷麸夫肤纡输枢厨俱驹模谟摹蒲逋胡湖瑚乎壶狐弧孤辜姑觚菰徒途涂荼图屠奴吾梧吴租卢鲈炉芦颅垆蚨弩笯苏酥乌污［污秽］枯粗都荂侏姝禺拘嵎蹰桴臾萸吁滹瓠酺呼沽酤泸舻轳驽匍葡铺［铺盖］菟诬呜迂盂竽趺毋孺酴鸪骷刳蛄晡蒲葫呱蝴劬砠猢郛孚

·184·

上平八齐：齐黎犁梨妻［夫妻］萋凄堤低题提蹄啼鸡稽兮倪霓西栖犀嘶撕梯鼙赍迷泥溪蹊圭闺携畦嵇跻奚脐醯鹥鼷醍鹈奎批砒睽黄篦齑藜猊蜺鲵羝

上平九佳：佳街鞋牌柴钗差［差使］崖涯［支麻韵同］偕阶皆谐骸排乖怀淮豺侪埋霾斋槐［灰韵同］睚崴楷秸揩挨俳

上平十灰：灰恢魁隈回徊槐［佳韵同］梅枚玫媒煤雷颓崔催摧堆陪杯醅嵬推［支韵同］诙裴培盃偎煨瑰茴追胚徘坯桅傀儡［贿韵同］莓开哀埃台苔抬该才材财裁栽哉来莱灾猜孩俫骀胎唉垓挨皑呆腮

上平十一真：真因茵辛新薪晨辰臣人仁神亲申身宾滨槟缤邻鳞麟珍瞋尘陈春津秦频苹颦濒银垠筠巾囷民岷泯［轸韵同］珉贫莼淳醇纯唇伦轮沦抡匀旬巡驯钧均榛莘遵循甄宸纶椿鹑屯呻粦嶙辚磷呻伸绅寅姻荀询岣氤恂嫔彬皴娠闽纫湮肫逡菌臻豳

上平十二文：文闻纹蚊云分［分离］氛纷芬焚坟群裙君军勤斤筋勋熏曛醺芸耘芹欣氲荤汶汾殷贲纭昕薰

上平十三元：元原源沅鼋园袁猿垣烦蕃樊喧萱暄冤言轩藩媛援辕番繁翻幡璠鸳鹓蜿湲爰掀燔圈谖魂浑温孙门尊［樽］存敦墩炖暾蹲豚村屯囤［囤积］盆奔论［动词］昏痕根恩吞荪扪昆鲲坤仑婚阍髡馄喷猢饨臀跟瘟飧榾

上平十四寒：寒韩翰［翰韵同］丹单安鞍难［艰难］餐檀坛滩弹残干肝竿阑栏澜兰看［翰韵同］刊丸完桓纨端湍酸团攒官观［观看］鸾銮峦冠［衣冠］欢宽盘蟠漫［大水貌］叹［翰韵同］邯郸摊玕拦珊狻鼾杆跚姗殚箪瘫谰貆倌棺剜潘拚［问韵同］盘般蹒瘢盘瞒谩馒鳗钻拚邗汗［可汗］

上平十五删：删潸关弯湾还环鬟寰班斑蛮颜奸攀顽山闲艰间

〔中间〕悭患〔谏韵同〕孱潺擐圜萓般〔寒韵同〕颁鬟疝讪斓娴鹇鳏殷〔赤黑色〕纶〔纶巾〕

下平一先：先前千阡笺天坚肩贤弦烟燕〔地名〕莲怜连田填巅髶宣年颠牵妍研〔研究〕眠渊涓捐娟边编悬泉迁仙鲜〔新鲜〕钱煎然延筵毡旃蝉缠廛联篇偏绵全镌穿川缘鸢旋船涎鞭专圆员干〔乾坤〕虔愆权拳椽传焉嫣鞯褰搴铅舷趼鹃筌痊诠悛先邅禅婵躔颠燃涟琏便〔安也〕翩骈癫阗钿〔霰韵同〕沿蜒胭芊鯾胼滇佃畋咽湮狷蠲鸢骞膻扇棉拴荃籼砖挛儇璇卷〔曲也〕扁〔扁舟〕单〔单于〕溅〔溅溅〕犍

下平二萧：萧箫挑貂刁凋雕迢条髫调〔调和〕蜩枭浇聊辽寥撩寮僚尧宵消霄绡销超朝潮嚣骄娇蕉焦椒饶硝烧〔焚烧〕遥徭摇谣瑶韶昭招镳瓢苗猫腰桥乔娆妖飘逍潇鸮骁桃鹩鹪缭嘹夭〔夭夭〕幺邀要〔要求〕姚樵谯憔标飙嫖漂〔漂浮〕剽佻韶苕岧噍晓跷侥了〔明了〕魈峣描钊鞘桡铫鹞翘枵侨窑礁

下平三肴：肴巢交郊茅嘲钞包胶苞梢姣庖匏坳敲胞抛蛟崤鲛鞘抄螯咆哮凹淆教〔使也〕跑艄捎爻咬铙茭炮〔炮制〕泡鲛刨抓

下平四豪：豪劳毫操〔操持〕髦绦刀萄猱褒桃糟旄袍挠〔巧韵同〕蒿涛皋号〔号呼〕陶鳌曹遭羔糕高搔毛艘滔骚韬缲膏牢醪逃濠壕饕洮叨嗥篙熬遨翱嗷臊嘈尻麋螯獒牦漕嘈槽掏唠涝捞獠芼

下平五歌：歌多罗河戈阿和〔和平〕波科柯陀娥蛾鹅萝荷〔荷花〕何过〔经过〕磨〔琢磨〕螺禾珂蓑婆坡呵哥轲沱鼍拖驼跎佗〔他〕颇〔偏颇〕峨俄摩么娑莎迦疴苛蹉嵯驮箩逻锣哪挪锅诃橐蜊髁倭涡窝讹陂郫蟠魔梭唆骒捼靴瘸搓哦瘥酡

下平六麻：麻花霞家茶华沙车〔鱼韵同〕牙蛇瓜斜邪芽嘉瑕

纱鸦遮叉奢涯［支佳韵同］巴耶嗟遐加笳赊槎差［差错］蟆骅虾葭袈裟砂衙呀琶耙芭杷笆疤爬葩些［少也］畲鲨查楂渣爹挝咤拿椰珈跏枷迦痂茄桠丫哑划哗夸胯抓洼呱

下平七阳：阳杨扬香乡光昌堂章张王房芳长塘妆常凉霜藏场央泱鸯秧嫱床方浆舫梁娘庄黄仓皇装殇襄骧相湘箱细创忘芒望尝偿樯枪坊囊郎唐狂强肠康冈苍匡荒遑行妨棠翔良航倡伥羌庆姜僵缰疆粮穰将墙桑刚祥详洋徉伴粱量羊伤汤鲂樟彰漳璋猖商防筐煌隍凰蝗惶璜廊浪当裆珰沧纲亢吭潢钢丧盲簧忙茫傍汪臧琅当庠裳昂障糖疡锵杭邙赃滂攘壤瓢抢螳踉眶炀闯彭蒋亡殃蔷镶孀搪彷胱磅膀螃

下平八庚：庚更［更改］羹盲横［纵横］甐彭亨英烹平枰京惊荆明盟鸣荣莹兵兄卿生甥笙牲擎鲸迎行［行走］衡耕萌甍宏闳茎罂莺樱泓橙争筝清情晴精睛菁晶旌盈楹瀛嬴赢营婴缨贞成盛［盛受］城诚呈程醒声征正［正月］轻名令［使令］并［并州］倾萦琼峥嵘撑粳坑铿璎鹦黥蘅澎膨棚浜坪苹铮伧擎嘤轰铮狰宁狞瞠绷怦璎砰氓鲭侦柽蛏茔赪荥赓黉瞠

下平九青：青经泾形陉亭庭廷霆蜓停丁仃馨星腥醒［醉醒］惺俜灵龄玲铃伶零听［径韵同］冥溟铭瓶屏萍荧萤荣扃坰蜻硎苓聆瓴翎娉婷宁暝瞑螟猩钉疔叮厅町泠楟囹羚蛉咛型邢

下平十蒸：蒸烝承丞惩澄陵凌绫菱冰膺鹰应［应当］蝇绳升缯凭乘［驾乘，动词］胜［胜任］兴［兴起］仍兢矜征［征求］称［称赞］登灯僧憎增曾缯层能朋鹏肱薨腾藤恒罾崩滕誊崚嶒姮塍冯症簦薆凝［径韵同］棱楞

下平十一尤：尤邮优忧流旒留骝榴刘由油游猷悠攸牛修羞秋周州洲舟酬雠柔俦畴筹稠丘邱抽瘳遒收鸠搜骝愁休囚求裘仇浮谋

牟眸侔矛侯喉猴讴鸥楼陬偷头投钩沟幽纠啾楸蚯踌绸惆勾娄琉疣
犹邹兜呦咻犰球蜉蝣辀帱阄瘤硫浏庥湫泅酋瓯啁飕鍪篌抠篝㕙骰
偻伛［水泡，名词］蝼髅搂欧彪掊虬揉蹂抔不［与有韵"否"
通］瓿缪［绸缪］

下平十二侵：侵寻浔临林霖针箴斟沈心琴禽擒衾钦吟今襟
［衿］金音阴岑簪［覃韵同］壬任［负荷］欲森禁［力所胜任］
祲喑深琛涔骖参［参差］忱淋妊掺参［人参］椹郴芩檎琳蟫愔喑
黔嶔沉

下平十三覃：覃潭参［参考］骖南楠男谙庵含涵函［包函］
岚蚕探贪耽眈龛堪谈甘三酣柑惭蓝担簪［侵韵同］谭昙坛婪戡颔
痰篮褴蚶憨泔聃邯蟫［侵韵同］

下平十四盐：盐檐廉帘嫌严占［占卜］髯谦佥纤签瞻蟾炎添
兼缣沾尖潜阎镰黏淹钳甜恬拈砭詹蒹歼黔钤佥舰奄渐鹣腌襜阉

下平十五咸：咸函［书函］缄岩谗衔帆衫杉监［监察］凡馋
芟挦喃嵌掺巉

仄韵

上声一董：董懂动孔总笼［东韵同］拢桶捅蓊蠓汞

上声二肿：肿种［种子］踵宠垅［陇］拥冗重［轻重］冢
捧勇甬踊涌俑蛹恐拱竦悚耸巩氋奉

上声三讲：讲港棒蚌项耩

上声四纸：纸只咫是靡彼毁委诡髓累技绮菲此泚蕊徙尔弭婢
侈弛豕紫旨指视美否［否泰］痞咒几姊比水轨止征市喜已纪跪妓
蚁鄙晷子仔梓矢雉死履垒癸趾址以已似耛祀史驶耳使［使令］里
理李起杞圮跂士仕俟始齿矣耻麂枳峙鲤迩氏玺巳［辰巳］滓苡倚

匕迤逦旖旎舣蚍秕芷拟你企诔捶扅棰揣豸祉恃

上声五尾：尾苇鬼岂卉几［几多］伟斐菲［菲薄］匪篚娓悱榧韪炜虺玮蚬

上声六语：语［语言］圉圄吕侣旅杼伫与［给予］予［赐予］渚煮暑鼠汝茹［食也］黍杵处［居住、处理］贮女许拒炬距所楚础阻俎沮叙绪屿墅巨去［除也］苣举讵溆浒巨醑咀诅苎抒楮

上声七麌：麌雨宇舞府鼓虎古股贾［商贾］估土吐圃庾户树［种植，动词］煦诩努辅组乳弩补鲁橹睹腐数［动词］簿竖普侮斧聚午伍釜缕部柱矩武五苦取抚浦主杜坞祖愈堵扈父甫禹羽怒［遇韵同］腑拊俯咎赌卤姥鹉拄莽［养韵同］栩篓脯妩虎否［是否］麈褛篓偻酤牡谱怙肚踽虏弩诂馨毅祜沪雇仵缶母某亩蛊琥

上声八荠：荠礼体米启陛洗邸底抵弟坻柢涕悌济［水名］澧醴诋眯娣棨递昵睨蠡

上声九蟹：蟹解洒楷［佳韵同］拐矮摆买骇

上声十贿：贿悔罪馁每块汇猥璀磊蕾傀儡腿海改采彩在宰醢铠恺待殆怠乃载［岁也］凯闿倍蓓迨亥

上声十一轸：轸敏允引尹尽忍准隼笋盾［阮韵同］闵悯菌［真韵同］蚓牝殒紧蠢陨哂诊疹赈肾蜃膑黾泯窘吮缜

上声十二吻：吻粉蕴愤隐谨近忿抆刎揾槿瑾恽韫

上声十三阮：阮远［远近］晚苑返反饭［动词］偃蹇琬沅宛婉畹菀蜿绻巘挽堰混棍阃悃捆衮滚鲧稳本畚笨损忖囤遁很沌恳垦龈

上声十四旱：旱暖管管满短馆［翰韵同］缓盥［翰韵同］碗懒伞伴卵散［散布］伴诞罕瀚［浣］断［断绝］侃算［动词］

款但坦袒纂缎拌憪谰莞

上声十五潸：潸眼简版板阪盏产限绾柬拣撰馔赧皖汕铲孱见栋栈

上声十六铣：铣善［善恶］遣［遣送］浅典转［霰韵同］衍犬选冕辇免展茧辨篆勉剪卷显钱［霰韵同］践喘藓软蹇［阮韵同］演兖件腆跣缅缱鲜［少也］砑扁匾蚬岘畎燹隽键变泫癣阐颤膳鳝舛娩辗邅先韵同］裒辡撚

上声十七筱：筱小表鸟了［未了，了得］晓少［多少］扰绕绍杪沼眇矫皎杳窈窕袅挑［挑拨］掉［啸韵同］肇缥缈渺淼茑赵兆缴缭［萧韵同］夭［夭折］悄窅佬蓼娆硗剿晁藐秒殍了［了望］

上声十八巧：巧饱卯狡爪鲍挠［豪韵同］搅绞拗咬炒吵佼姣［肴韵同］昂茆獠［萧韵同］

上声十九皓：皓宝藻早枣老好［好丑］道稻造［造作］脑恼岛倒［跌到］祷［号韵同］捣抱讨考燥扫［号韵同］嫂保铑稿草昊浩镐杲缟槁堡皂瑙媪燠袄懊葆裸芼澡套涝蚤拷栲

上声二十哿：哿火舸箪舵我拖娜荷［负荷］可左果裹朵锁琐堕惰妥坐［坐立］裸跛颇［稍也］伙颗祸桠婀逻卵那坷爹［麻韵同］簸叵垛哆硪么［歌韵同］峨［歌韵同］

上声二十一马：马下［上下］者野雅瓦寡社写泻夏［华夏］也把厦惹冶贾［姓贾］假［真假］且玛姐舍喏赭洒椵剐打耍那

上声二十二养：养痒象像橡仰朗桨奖蒋敞氅厂枉往颡强［勉强］惘两曩丈杖仗［漾韵同］响掌党想鲞榜爽广享向饷幌莽纺长［长幼］网荡上［上升］壤赏仿冈说倘魍魉谎蟒漭嗓盎恍脏［肮脏］吭沆慷襁镪抢吭犷

上声二十三梗：梗影景井岭领境警请饼永骋逞颖颍顷整静省幸颈郢猛丙炳杏秉耿矿冷靖哽绠荇艋蜢皿儆悻婧阱狰〔庚韵同〕靓惺打瘿并〔合并〕犷省憬鲠

上声二十四迥：迥炯茗挺艇梃醒〔青韵同〕酩酊并〔并行，并且〕等鼎顶肯拯警到溟

上声二十五有：有酒首口母〔虞韵同〕妇〔虞韵同〕后柳友斗狗久负〔虞韵同〕厚手叟守否〔虞韵同〕右受牖偶走阜〔虞韵同〕九后咎薮吼帚垢舅纽藕朽臼肘韭亩〔虞韵同〕剖诱牡〔虞韵同〕缶西苟丑糗扣叩某薷寿绶玖授蹂〔尤韵同〕揉〔尤韵同〕溲纣钮扭呕殴纠耦掊瓿拇擞绺抖陡蚪篓黝赳取虞韵同〕

上声二十六寝：寝饮〔饮食〕锦品枕〔枕衾〕审甚〔沁韵同〕廪衽稔凛懔沈〔姓氏〕朕荏婶沈〔沈阳〕葚禀噤谂怎恁饪罱

上声二十七感：感览揽胆澹〔淡，勘韵同〕啖坎惨敢颔〔覃韵同〕撼毯糁湛菡萏嘾橄喊嵌〔咸韵同〕橄榄

上声二十八琰：琰俭焰敛〔艳韵同〕险检脸染掩点簟贬冉苒陕谄俨闪剡忝〔艳韵同〕奄歉芡崦埯渐〔盐韵同〕罨捡弇崦玷

上声二十九豏：豏槛范减舰犯湛巉〔咸韵同〕斩黯范

去声一送：送梦凤洞众瓮贡弄冻痛栋恸仲中〔击中〕粽讽空〔空缺〕控哄赣

去声二宋：宋用颂诵统纵〔放纵〕讼种〔种植〕综俸供〔供设，名词〕从〔仆从〕缝〔隙也〕重〔再也〕共

去声三绛：绛降〔升降〕巷撞〔江韵同〕戆

去声四寘：寘置事地意志思〔名词〕泪吏赐自字义利器位戏至次累〔连累〕伪寺瑞智记异致备肆翠骑〔车骑，名词〕使〔使者〕试类弃饵媚鼻易〔容易〕瘗坠醉议翅避笥帜炽粹莳谊帅厕寄

睡忌贰萃穗二臂嗣吹〔鼓吹，名词〕遂恣四骥季刺驷寐魅积〔积蓄〕被懿觊冀愧匮恚馈蒉篑柜暨庇豉莉腻秘比〔近也〕鸷悲眚示嗜饲伺遗〔馈遗〕薏祟值惴屣眦罾企溃譬跛挚燧隧悴尿稚雉茌悸肄泌识〔记也〕侍踬为〔因为〕

去声五未：未味气贵费沸尉畏慰蔚魏纬胃汇〔字汇〕谓渭卉〔尾韵同〕讳毅既衣〔着衣，动词〕蜚溉〔队韵同〕翡诽

去声六御：御处〔处所〕去虑誉〔名词〕署据驭曙助絮着〔显着〕箸豫恕与〔参与〕遽疏〔书疏〕庶预语〔告也〕踞倨蓣淤锯觑狙〔鱼韵同〕薯薯

去声七遇：遇路辂赂露鹭树〔树木〕度〔制度〕渡赋布步固素具务雾鹜数〔数量〕怒〔虞韵同〕附兔故顾句墓慕暮募注住注驻炷祚裕误悟寤戍库护屦诉妒惧趣娶铸绔傅付谕喻妪芋捕哺互孺寓赴冱吐〔虞韵同〕污〔动词〕恶〔憎恶〕晤煦酤讣仆〔偃仆〕赙驸婺锢蛀飓怖铺〔店铺〕塑愫蠹溯镀璐雇瓠迕妇负阜副富〔宥韵同〕醋措

去声八霁：霁制计势世丽岁济〔渡也〕第艺惠慧币弟滞际涕〔荠韵同〕厉契〔契约〕敝弊毙帝蔽髻锐戾裔袂系祭卫隶闭逝缀翳替细桂税婿例誓筮蕙诣砺励瘵噬继脆睿毳曳蒂睇妻〔以女妻人〕递逮蓟蚋薛荔唳捩粝泥〔拘泥〕媲嬖彗睥睨剂嚏谛剃屉俤俪锲掣羿棣蟪剡娣说〔游说〕赘憩鳜觬呓谜挤

去声九泰：泰太带外盖大〔个韵同〕濑籁籁蔡害蔼艾丐奈柰汰癞霭会㢛最贝沛霈绘脍荟狯侩桧蜕酹外兑

去声十卦：卦挂画〔图画〕懈檞邂隘卖派债怪坏诫戒界介芥械薤拜快迈败稗晒澥湃寨疥届蒯箦赍喟聩块态

去声十一队：队内辈佩退碎背㤄对废悔诲晦昧配妹喙溃吠肺

耒块碓刈悖焙淬敦［盘敦］塞［边塞］爱代载［载运］态菜碍戴贷黛概岱溉慨耐在［所在］霡玳再袋逮埭赉赛忾嗳咳嗳眜

去声十二震：震信印进润阵镇刃顺慎鬓晋骏闰峻衅振俊赈吝烬讯仞迅汛趁衬仅觐蔺浚赈［轸韵同］呲认殡摈缙躏廑谆瞬韧浚殉馑

去声十三问：问闻［名誉］运晕韵训粪忿［吻韵同］酝郡分［名分］紊愠近［动词］扢拚奋郓捃靳

去声十四愿：愿怨万饭［名词］献健建宪劝蔓券远［动词］偈健贩畈曼挽［挽联］瑗媛圈［猪圈］论［名词］恨寸困顿遁［阮韵同］钝闷逊嫩溷浑巽褪喷［元韵同］艮搵

去声十五翰：翰［寒韵同］瀚岸汉难［灾难］断［决断］乱叹［寒韵同］观［楼观］干［树干，干练］散［解散］旦算［名词］玩烂贯半案按炭汗赞漫［寒韵同。又副词，独用］冠［冠军］灌爨窜幔粲灿璨换焕唤涣悍弹［名词］惮段看［寒韵同］判叛绊鹳伴畔锻腕惋馆旰捍疸但罐盥婠缎缦侃蒜钻斓

去声十六谏：谏雁患涧间［间隔］宦晏慢盼篡栈［潸韵同］惯串绽幻瓣苋办谩讪［删韵同］铲绾孪篡裥扮

去声十七霰：霰殿面县变箭战扇煽膳传［传记］见砚院练链燕宴贱馔荐绢彦掾便［便利］眷倦羡奠遍恋啭眩钏倩卞汴片禅［封禅］谴溅饯善［动词］转［以力转动］卷［书卷］甸电咽茜单念［念书］昒淀靛佃钿［先韵同］碹漩楝缮现狷炫绚绽线煎选旋颤擅缘［衣饰］撰唁谚媛忭弁援研［磨研］

去声十八啸：啸笑照庙窍妙诏召邵要［重要］曜耀调［音调］钓吊叫眺少［老少］诮料疗潦掉［筱韵同］峤徼跳嘹漂镣廖尿肖鞘悄［筱韵同］峭哨俏醮燎［筱韵同］鹩鹞轿骠票铫［萧韵

同〕

去声十九效：效教〔教训〕貌校孝闹豹罩棹觉〔寤也〕较窖爆炮〔枪炮〕泡〔肴韵同〕刨〔肴韵同〕稍钞〔肴韵同〕拗敲〔肴韵同〕淖

去声二十号：号〔号令〕帽报导操〔操行〕盗噪灶奥告〔告诉〕诰到蹈傲暴〔强暴〕好〔爱好〕劳〔慰劳〕躁造〔造就〕冒悼倒〔颠倒〕燥犒靠懊瑁奥〔皓韵同〕耄糙套〔皓韵同〕纛〔沃韵同〕潦耗

去声二十一个：个贺佐大〔泰韵同〕饿过〔歌韵同。又过失，独用〕座和〔唱和〕挫课唾播破卧货簸轲〔轗轲〕驮髁〔歌韵同〕磋作做剁磨〔磨盘〕懦糯缚锉挼些〔楚些〕

去声二十二祃：祃驾夜下〔降也〕谢榭罢夏〔春夏〕霸暇灞嫁赦藉〔凭藉〕假〔休假〕蔗化舍〔庐舍〕价射骂稼架诈亚麝怕借卸帕坝靶鹧贳炙嗄乍咤诧佗（罅吓娅哑讶迓华〔姓华〕桦话胯〔遇韵同〕跨衩柘

去声二十三漾：漾上〔上下〕望〔阳韵同〕相〔卿相〕将〔将帅〕状帐唱让浪〔波浪〕酿旷壮放向忘仗〔养韵同〕畅量〔数量〕葬匠障瘴谤尚涨饷样藏〔库藏〕舫访贶嶂当〔适当〕抗桁妄怆宕怅创酱况亮傍〔依傍〕丧〔丧失〕怆谅胀悒脏〔内脏〕吭砀伉圹纩桄挡旺炕亢〔高亢〕阆防

去声二十四敬：敬命正〔正直〕令〔命令〕证性政镜盛〔茂盛〕行〔学行〕圣咏姓庆映病柄劲竞靓净竟孟净更〔更加〕并〔梗韵同〕聘硬柄泳迸横〔蛮横〕摒阱擎迎郑獍

去声二十五径：径定听胜〔胜败〕罄磬应〔答应〕赠乘〔名词〕佞邓证秤称〔相称〕莹〔庚韵同〕孕兴〔兴趣〕剩凭〔蒸

韵同］迳甑宁胫暝［夜也］钉［动词］订饤锭謦泞瞪蹭蹬亘［亘古］镫［鞍镫］滢凳磴泾

去声二十六宥：宥候就售［尤韵同］寿［有韵同］秀绣宿［星宿］奏兽漏富［遇韵同］陋狩昼寇茂旧胄宙袖岫柚覆复［又也］救厩臭佑右囿豆饾窦瘦漱咒究疚谬皱逅嗅遘溜镂逗透骤又侑幼读［句读］堠仆副［遇韵同］锈鹫绉呋灸籀酎诟蔻僦构扣购彀戊懋贸袤嗽凑鼬瓿沤［动词］

去声二十七沁：沁深饮［使饮］禁［禁令］任［信任］荫浸谮谶枕［动词］噤甚［寝韵同］鸩赁暗渗窨妊

去声二十八勘：勘暗滥啖担憾暂三［再三］绀憨澹［咸韵同］瞰淡缆

去声二十九艳：艳剑念验堑赡店占［占据］敛［聚敛］厌焰［俭韵同］垫欠僭酽潋滟俺砭坫

去声三十陷：陷鉴泛梵忏赚蘸嵌站馅

入声一屋：屋木竹目服福禄谷熟肉族鹿漉腹菊陆轴逐苜蓿宿［住宿］牧伏夙读［读书］犊渎牍椟黩縠复［恢复］粥肃碌骕鹭育六缩哭幅斛戮仆畜蓄叔淑倏独卜馥沐速祝麓辘镞蹙筑穆睦秃縠覆辐瀑郁［忧郁，郁郁葱葱］舳掬鞠蹴局茯袱鹏鹄髑槲扑匐簌蔟煜复［复杂］蝠蓣孰塾矗竺曝鞠嗾谡簏国［职韵同］副

入声二沃：沃俗玉足曲粟烛属录辱狱绿毒局欲束鹄蜀促触续浴酷躅褥旭欲笃督赎渌纛碡北［职韵同］瞩嘱勖溽缛梏

入声三觉：觉［知觉］角桷榷岳乐［音乐］捉朔数［频数］卓啄琢剥驳雹璞朴壳确浊擢濯渥幄握学龌龊槊搦镯喔邈荦

入声四质：质日笔出室实疾术一乙壹吉秩率律逸佚失漆栗毕恤密蜜桔溢瑟膝匹述黜弼跸七叱卒［终也］虱悉戍嫉帅［动词］

蒺侄颐怵蟋筀簌必泌荜秣枥唧帙溧谧昵轶聿诘鳌垤捽茁鬐䴔窒苾

入声五物：物佛拂屈郁〔馥郁，郁郁乎文哉〕乞掘〔月韵同〕吃〔口吃〕讫绂弗勿迄不怫绋沸茀厥倔黻崛尉蔚契屹熨〔未韵同〕绂

入声六月：月骨发阙越谒没伐罚卒〔士卒〕竭窟笏钺歇突忽袜曰阏筏鹘〔黠韵同〕厥〔物韵同〕蹶蕨殁橛掘〔物韵同〕核蝎勃渤悖〔队韵同〕孛揭〔屑韵同〕碣粤橛鳜脖鹁捽〔质韵同〕猝倏兀讷〔呐〕羯凸咄〔曷韵同〕矻

入声七曷：曷达末阔钵脱夺褐割沫拔〔挺拔〕葛阀渴拨豁括抹遏挞跋撮泼秣掇〔屑韵同〕聒獭〔黠韵同〕剌喝磕蘖瘌袜活鸹斡怛钹捋

入声八黠：黠拔〔拔擢〕八察杀刹轧戛瞎刮刷滑辖铩猾捌叭札扎帕苗鹘挖萨捺

入声九屑：屑节雪绝列烈结穴说血舌洁别缺裂热决铁灭折拙切悦辙诀泄锲咽〔呜咽〕轶噎彻澈哲鳖设啮劣玦截窃孽浙子桔颉拮撷揭褐〔曷韵同〕缬碣〔月韵同〕挈抉袭薛拽〔曳〕爇冽臀迭跌阅餮鳌垤捏页阕觖鹬撤蹩篾楔慑辍啜缀缧杰桀涅霓蜺〔齐，锡韵同〕批〔齐韵同〕

入声十药：药薄恶〔善恶〕作乐〔哀乐〕落阁鹤爵弱约脚雀幕洛壑索郭错跃若酌托削铎凿箔鹊诺萼度〔测度〕橐钥籥瀹着着虐掠获〔收获〕泊搏藿嚼勺谑廓绰霍镬莫箨缚貉各略骆寞膜鄂博昨柝格拓轹铄烁灼痄蒻箬芍蹯却嗥霿攉醵踱魄酪络烙珞膊粕簿柞漠摸酢怍涸郝垩谔噩锷颚缴扩榷陌〔陌韵同〕

入声十一陌：陌石客白泽伯迹宅席策册碧籍〔典籍〕格役帛戟璧驿麦额柏魄积〔积聚〕脉夕液尺隙逆画〔动词〕百辟赤易

［变易］革脊翮屐获［猎获］适索厄隔益窄核舄掷责圻惜癖僻掖腋释译峄择摘弈奕迫疫昔赫瘠谪亦硕貊跖鹊碛蹐只炙［动词］踯斥夻鬲骼舶珀吓磔拆喀蚱胙剧檗擘栅喷帻箦扼划蜴辟帼蝈刺崞汐藉螫蓦摭襞虢哑［笑声］绎射［音亦］

入声十二锡：锡壁历枥击绩绩笛敌滴镝檄激寂觌溺觅狄荻幂戚鹢涤的吃沥雳霹惕鶂砾翟氽倜析晰淅蜥劈甓嫡轹栎阋苈踢迪晳裼逖蜺阒汨［汨罗江］

入声十三职：职国德食［饮食］蚀色力翼墨殛息熄直值得北黑侧贼饰刻则塞［闭塞］式轼域蜮殖植敕亟棘惑忒默织匿匽亿忆臆薏特勒肋幅仄昃稷识［知识］逼克即唧［质韵同］弋拭陟侧测翊洫啬稿鲫抑或甸［屋韵同］

入声十四缉：缉辑戢立集邑急入泣湿习给十拾袭及级涩楫［叶韵同］粒汁蛰执笠隰汲吸絷挹浥悒岌熠茸什芨廿揖煜［屋韵同］歙笈［叶韵同］圾褶翕

入声十五合：合塔答纳榻合杂腊匝阖蛤衲沓鸽踏拓拉盍塌呷盒卅搭褡飒磕榼遢蹋蜡溘邋跲

入声十六叶：叶帖贴牒接猎妾蝶叠箧慊涉鬣捷颊楫［缉韵同］聂摄慑镊蹑协侠荚挟铗浃睫厌魇喋蹀爕折辄婕谍堞霎喢喋碟鲽捻晔躞笈［缉韵同］

入声十七洽：洽狭峡法甲业郏匣压鸭乏怯劫胁插锸押狎夹恰峡硖掐剳袷眨胛呷歃闸霎［叶韵同］

注释：《平水韵表》资料来源于网络。

后 记

题《天韵流芳》

诗心春水涤，桂下笔收齐。

青盏红楼事，芳菲一册题。

我是一个从小就酷爱音乐的人，被古诗词的音律吸引和感染也就是一种必然。古诗里的音乐美和意境美常使我枕边不离诗书也就成了一个习惯。尽管那时候还不懂格律，但有空总喜欢拿起诗书翻一翻。真正写诗和认真钻研格律还得从2006年说起。

那时候，国家政策是允许公职人员在确保单位正常工作的前提下从事第二产业的。当时，分管我们企业的行业主管部门的副市长刚好在陇南挂职两年期满，他在离开陇南时给他身边的同事朋友以及他工作所牵扯的企业和单位同志每人都赠了一本他的个人诗集《陇南吟怀》，当然其中也给我赠送了一本。《陇南吟怀》也算他在陇南挂职期间一个念想吧。说到这里，陇南的朋友基本已经明白了，这位副市长正好就是我们陇南诗词的顾问李蔚斌同志、及诗人逍遥无津先生。李蔚斌副市长当时分管商务工作，我们企业的行业主管部门刚好归口陇南市商务局。他临走时留我一本诗集让我当时很是感动，当然，对我来说也是一种鼓励。诗集是交给政府办副秘书长李宝杰转交于我的。

虽然我自己本就喜欢古诗词，但是我根本就没想到这位已经离开陇南的领导尽竟然是一位诗人，并且他不是一般的诗人，是一位古诗词诗人。就这样，人都已经走了才引起了我对他极大的关注。很快，我把他的诗集《陇南吟怀》就通读了一遍。那时读他的诗已不仅仅是读诗了，而是通过他的诗在读他那个人，只因好奇，他怎么会是一个古诗词的诗人呢？同时也让我认识到，我们除了咏读和欣赏古人的诗词外、除了忙于手头工作外是完全可以自己学习和写作古诗词的。

《陇南吟怀》就这样激发和鼓舞了我，也成了我学写诗词的一种动力。因为喜欢所以肯入门。对钻研和摸索诗词各方面知识也就不怕攻克了。很快我又通过网站地址加入了"品梅斋诗词论坛"，对自己进行初步的感染和熏陶。在品梅斋里我又认识了现在陇南市诗词的顾问晋风先生，通过他的引导我又进入到"中国青年诗词论坛"，一年内我很快又进入了"中华诗词论坛"。在这几个诗词论坛里每天我都会不同程度了解到很重要的诗词常识，并掌握很多之前我不明白的知识。在中华诗词论坛里我不但认识了现在陇南市诗词的首席顾问包德珍老师，也认识了顾问梅关雪和一部分在全国都很有影响力的大诗人，并且和他们都结下了深厚的友谊。

但是，在我学诗兴趣最浓的时候，家里却突然出现了大事，从而影响我不得不暂时放弃几年的网络诗词学习和创作。也许是因为心境的缘故吧，那几年一直也没写出什么东西来。好在去年四月份，一个突然的念想让我去了一趟武都茶乡裕河，回程中产生了一首新诗《致裕河》，也是这首诗在《陇南日报》上发表后引起了市区两级文联主席的关注，他们前后联系到了我，同时也重视了我这一技之长。在后来的交往中，他们才了解到我不仅写新诗，更重要的是我懂古诗词。

就这样，在领导们不断的鼓励下，我前后参加了几次文联组织的活动，也写了一些应景诗词作品，这又一次激发了我对诗词的再度热爱和对格律的进一步的学习和研究。这一次心动竟然让我又一次启笔，在诗词这块意蕴深厚的热土上耕耘与播撒自己的情感与理想。直到今天，我的诗集《天韵流芳》出版。这一切都应该感谢诗词之缘。是这个爱好让我认识了很多不同地方、不同岗位和不同程度的诗人，也是诗词之缘让我在大家的关心、关注和影响下不断的成长，也成就了我个人一种永远在快乐中探索、学习和写作的诗词精神。在此，我深深的感谢逍遥先生和晋风先生的真诚引导；感谢中华诗词论坛坛主包德珍老师不断的鼓励，重点是包老师给我的诗集还写了序。感谢陇南市文联主席毛树林先生和武都区委宣传部周立钧部长、以及武都区文联主席赵远鹏先生，是他们的慧眼发现了我，是他们的真诚态度激发了我。是他们的大力支持和厚爱成就了我的诗词之路。更应该感谢赵元鹏主席为我的的诗集名题字。同时也感谢一路来始终不离不弃、陪我在论坛和各种网络上学诗论诗的各位诗友。因为对诗词的共同爱好让我们一直牵手。也因为对诗词的共同爱好让我们相互鼓励，共同提高。更因为这个共同的爱好，让我们在人生的长河中结下了不朽的情谊。

　　感谢缘分，让我在2016年底结识了青年诗人、出版人、现陇南市诗词顾问黄莽先生。在与他不断的沟通与协商中了解了许多与诗有关的其他知识与常识，感谢他帮我出版《天韵流放》。感谢舍得先生给我作品的点评和鼓励。也感谢中华诗词编辑部武立胜老师的鼓励和赠诗，以及所有为我的诗集出版而赠诗的朋友。

　　最后，我衷心的祝福大家永葆诗心和童心！也祝大家永远健康、快乐，诗心不老！

赵芳
2018年8月